淡淡的记忆

——胡美凤散文集

中国青年出版社

胡美凤，江苏江阴人。喜爱读书，喜爱文学创作。出版过长篇小说《相思如雨》《永久保留地》，中短篇小说集《涛声依旧》。在《青年文学》《北京文学》《鸭绿江》《雨花》等刊物发表过多篇中短篇小说。在《人民日报》《北京文学》《中华散文》等报刊杂志上发表过多篇散文。文笔清新隽永，委婉动人。作品题材广泛，注重文学性与思想性，贴近时代，反映现实生活，有相当的可读性，得到广大读者好评。

这本散文集《淡淡的记忆》编集了作者在《人民日报》上发表的散文12篇，在《北京文学》上发表的散文4篇，在《中华散文》、美国《亚省时报》《无锡日报》《江阴日报》等报刊杂志上发表的数十篇精选散文。其中，有获《人民日报》征文二等奖、中国当代散文奖等奖项的散文，每一篇散文都堪称精品，深受国内外读者喜爱。

目录

*目录

* 红红中国结

冬日夕阳，暖暖地挂在街西高楼，惊奇地看着热闹的大街，街上熙熙攘攘，人特多。除了人流之外，最引人注目的就是红——大红的灯笼、大红的对联、大红的横幅等等，街市以红为主调盛装打扮，迎接新春的到来，这种喜庆场面、和谐氛围是我们中国人过年特有的！一年四季中国传统节日很多，但哪个节日都比不上过年红火，不身临其境，就体会不到中国年撼人心魄的魅力，感受不到其中深深蕴含着的

民族情怀。虽然眼下全球金融危机，暗流汹涌冲击着我们的生活，但从满街过年的喜色中，从人们逛街的悠闲状态中，从人们买新衣、办年货的举动中，我看到了一颗热爱生活的心！为什么我们中国人面对雪灾、地震能万众一心，一方有难，八方支援？为什么面对突如其来的全球金融危机，我们能沉着应对，群策群力，共克时艰？我想，有了这颗心，什么样的艰难困苦都能克服，什么样的坎坷都能跨过！想到此，心里热乎乎的，兴致很高地在街上走着、看着。

不知不觉中，夕阳下山天黑了，街市华灯齐放、五光十色，将满街中国红渲染得无比潋滟，将川流不息的人流渲染得更为热闹，喜庆光影中溢满着年的味道！

“春天在哪里呀？春天在哪里？”突然传来儿歌声，童声好似珠落玉盘，动听悦耳，我不由得在音像店门口停下脚步静静聆听，只觉得心中有无限美好的期待，春、夏、秋、冬四季，景色各不相同，冬天漫长寒冷，冬色萧瑟单调，但冬天最特别，它是一个跨越的季节。冬天的一切都是在为来年春天作准备，冬天下雪结冰是为了滋润大地，使来年春天的百花开得更艳、河水流得更欢！而过年，表明冬天快要过去了，燕子就要飞来了，大地就要绿了，此时此刻，仿佛伏在地上就可以聆听到地下万物复苏萌动的声音。没有冬天、没有过年，就没有来年春天。为此，我对冬天、过年怀着一种近似感恩的情愫。春、夏、秋、冬，一年又一年，生生不息地轮回。时光如水，三十年岁月弹指一挥间，中国的实力一年比一年强，中国人过的日子一年比一年好，此时此刻，“无与伦比”的北京奥运的灿烂烟花，神七宇航员太空行走时挥动的五星红旗，跟眼前满大街中国年的喜庆绚丽光影交汇融合在一起，令人深深地感动！我在街上走着、看着、听着，喜悦装满心灵。仿佛看到的、听到的、店里卖的、人们买的，都是幸福安康，这样的幸福安康很撩人、情不自禁，我也去买了一个红红的中国结！

回家的路上，突然起风了，迎风走，举头望天，黑色天幕上几颗寒星闪烁，但我知道，黑暗过去是黎明，太阳下山明天又会爬上来，冬眠的火种就要被风吹醒，春的薪柴就要被红红的“中国结”点燃……

我在春天的长江边芦苇滩上走着,芦苇滩是原生态,不论大自然给予它多少,它兀自美丽地生长着,繁衍了一茬又一茬,一丛丛、一棵棵,挨着连着,绵绵密密的绿意是那么葱绿青亮,溢着勃勃生机,芦苇叶片光滑又有质感,形状是那么独特,像一片片风帆,风儿一吹,数不清的芦苇们起伏摇曳,雄壮气势像是在尽情渲染一种历史情怀,心中不由得涌上一种莫名悸动:六十年前,“打过长江去,解放全中国”,

千帆竞渡，百万雄师过大江的情景仿佛就在眼前！

我的家乡江阴，地处江尾海头，素有“江海门户”、“锁航要塞”之称，自古以来就是兵家必争之地。1949年4月20日起，中国人民解放军在西起九江，东至江阴的千里战线上，分别从中、东、西三路，实施渡江战役。1949年4月21日晚，江阴要塞七千多名国民党官兵起义，加快了渡江战役的胜利推进。然而，在江阴其他江段及登陆点上，都发生了激烈战斗。出生于江阴北门外一个世代船户之家的王小弟，在中共江阴地下党的秘密组织下，带着他那条十吨左右的帆船，到江北支前，参加了渡江战役。当时，船按三三制编队，三条船为一个小队，三个小队为一个中队，他受派任第一大队第一中队队长兼第一小队队长，他的船被编为一号船，4月21日渡江那天，在本是南风当令的季节里，突然神奇地刮起了北风，他喜出望外，连说：“毛主席福气大，天老爷也帮忙。”当晚七时竹哨联络出发，他紧盯前方，稳掌舵杆，调准篷向扯满风帆，船借风力，风助船势，运载着渡江先锋部队五十多名指战员的1号船很快顺利驶过江心，这时，对岸守敌发觉，突然猛烈开炮，3号船船工陈小保当即中弹牺牲，6号船被击中船头，但无伤亡，有一发炮弹打在1号船左前侧，顿即掀起巨浪，船身剧烈颠簸，船上战士东倒西歪，说时迟那时快，王小弟大喊一声“别慌，笃定……”双腿一跨，骑上舵杆，拼力稳住了船。这时，我军北岸大炮怒吼着打向敌人前沿阵地，各船也猛烈开火还击，枪炮声、呐喊声、各船联络的竹哨声，声声震耳，响彻夜空……枪林弹雨中，王小弟的1号船第一个抵达指定的登陆江滩。运送第一批指战员上岸后，1号船立即掉头返航，连续运兵，当夜来往五趟，接下来连续六夜运送战士、军粮、炮车，辎重过江。七天后的庆功大会上，1号船被授予“渡江英雄船只”。1号船很普通，是一条平底、方头，艄在船尾，艄板有角的平常帆船，但就是在几千条这样的普通木帆船为主要渡江工具的条件下，一举突破敌人江、陆、空三道防线！1号船的主人王小弟很平凡，平凡得像一棵芦苇，但正是像他一样的数万名船工，冒着枪林弹雨，不怕流血牺牲，将百万雄师送过了长江！此时此刻，风中芦苇滩像一段波澜壮阔的绿色河流，一波促着一波，一浪推着一浪，阳光在绿浪上轻轻跳跃，岁月光影在苇叶上翩然起舞，仿佛在传递某种信息，往事遥远得使人恍如梦中，但它却是真实的、震撼人心的……我被深深地感动着，这份感动在风中的芦苇滩弥漫开来……

突然，在风吹芦苇的起伏中，我发现芦苇丛中，有一座60年前被摧毁的碉堡残垣，它四周参差，只剩下半个狰狞枪眼，它的颜色介于灰黑之间，极像灰烬，望着它，感到压抑，一种复杂感觉油然而生。当年担任某部渡江先锋团政委的佘景行，曾在渡江胜利纪念日那天重返这当年战地，寻访“烈士埋骨何处”？他讲述“五连一排乘坐的71号帆船，在江中被敌人炮长击中燃烧，排长牺牲，一班长大吼一声代理排长指挥，涉水登岸，一举攻占了五个碉堡”，“在激烈的滩头阵地战中，倒下了很多战士，牺牲的人有的甚至连名字，连尸体也没留下……”忆往事，他泪如雨下，面对连绵芦苇和滔滔江水，深深三鞠躬。虽然一排长、无名烈士、船工陈小保等无数先烈，看不到祖国今天的繁荣强大，享受不到今天的幸福生活，但是没有他们的英勇牺牲，何来解放？没有佘景行他们无数革命先辈的前赴后继、浴血奋斗，没有王小弟等船工、民工、老百姓的支持，何来今天的幸福生活？虽然时光之水会冲淡战争的爱恨情仇，虽然硝烟远去，碉堡最终还原成一个灰烬般的圆点，但有些东西是刻骨铭心的，是永远不会被遗忘的。有一种精神，一直感动后人；有一种力量，一直凝聚人心！此时此刻，风、芦苇、动静之间，在阳光下，演绎着奇妙美景，震撼着视觉和心灵，我虔诚地凝望着风中芦苇，心中浮躁抹去，只有神圣和庄严，只有感恩……

漫天风雪，茫茫雪地，在如泣如诉哀怨愁愤的音乐声中，周东亮扮演的锡剧《珍珠塔·跌雪》中的方卿上了场，一人一伞背一包裹，又冷又饿又气愤，路滑，举伞迈出高难度的一字步，遇坎坷，举伞翻出高难度的腾空跟斗，一阵狂风迎面袭来，避风雪转身旋腰，俨然是令人耳目一新的高难度舞蹈动作，伞在他手中前后左右，上上下下，如同一个翻飞的精灵，台下观众顿时掌声雷动！一开唱腔，行云流水般，富有穿

透力、感染力的独特嗓音，更是博得满堂彩！《珍珠塔》是锡剧中最具代表性的优秀传统剧目，数百年来，久演不衰，百看不厌，直到今日现代，依然光彩夺目。而《珍珠塔·跌雪》更是一出锡剧小生唱、念、做、打俱全，没有真本事演不了的戏。唱腔中最特别的是一句“咬紧牙关把桥过”，“把桥过”这三个字的唱腔又高又长，长要运气，音高需要嗓子，没有嗓子唱不上去，如同现代歌曲《青藏高原》中那最后两个字“高原”，没有真功夫唱不上去，即使唱上去也唱不到李娜那般动听。锡剧演员只要唱《珍珠塔》能过关，表演其他剧目就不成问题了，《跌雪》中这座“桥”能过去，其他都能过去，但锡剧小生中能过并能过好这座“桥”的不算太多。虽然一百多年来锡剧《珍珠塔·跌雪》的一招一势已成样板，一腔一曲已成典范，但周东亮超越了历史。论其外形，一米七八的身高，端正的脸庞，灵动的大眼睛，本身不化妆就是帅哥；论功底，基础扎实，文武兼备；论唱功，他天生一副好嗓子，在师祖王彬彬的“彬彬腔”，父亲周林华的“韵味”的基础上，形成自己独特的唱腔，人称“彬腔周韵”。“彬腔周韵”音色纯正，行腔流畅；字字清晰，韵味独特。整场戏他一人表演，边演边唱，除了超一流的唱、念、做、打，手、眼、身、法、步之外，他有一种别人没有的魅力和气质，将一个满腹诗书、满腹怨愤，而又胸怀大志的书生勾勒得惟妙惟肖，方卿在他的演绎下，显得更富有魅力，更具有艺术光彩。此时此刻，他将“把桥过”唱得又高又长，唱到了极致的动听，台下观众听得如痴如醉，情不自禁大声叫:“好!”“好!”简单的舞台唱得演得风生水起,令人着迷,使人惊叹,场内忽而屏声凝息,寂然无声,忽而掌声雷动,大声叫好,人们仿佛忘了时光,忘了年代,忘了这是戏……谢幕时,观众的掌声潮水般久久不息,观众中不仅有中老年,也有很多年轻人,根植于江南民间沃土的锡剧舞台艺术奇葩,在现代文化生活中依然魅力四射,是电影、电视、网络、歌舞厅无法替代的。作为锡剧代表性传承人的他,坚信锡剧艺术定会重新焕发出更加迷人的光彩,如潮的掌声中,他仿佛看到了父亲的微笑。

周东亮是国家一级演员,除了《珍珠塔》,他还先后在《玲珑女》《中秋情》《玉蜻蜓》《七月雨》《风流状元》《双珠凤》《沙家浜》《红色恋人》《玉飞凤》等大戏中担任主要角色。是“中国戏剧梅花奖”、“文华表演奖”、上海“白玉兰主角奖”、“中国曹禺戏剧节优秀演员奖”获得者,实现了戏曲界的大满贯。是江苏省非物质文化遗产锡剧代表性传承人,有锡剧王子之称。他于1969年出生在江阴。江阴是锡剧发源地之一,初为乡民用当地民歌小调说唱故事自娱,后演变为滩簧,迄今已有一百多年历史。随着时代进步,由乡土艺术逐步走向真正的舞台艺术,发展成为锡剧。锡剧之所以深受人们喜爱,主要由于它具有独特的艺术个性和美学风采,它具有非常鲜明的江南水乡特色和乡土气息,它具有强烈的民本意识、忧患意识。例如《珍珠塔》剧情动人,妙语警世,一曲道情道出世态炎凉,抨击嫌贫爱富。《双推磨》载歌载舞,一碗豆浆说明情义无价……

锡剧博采众长，汲取民间说唱、小调、歌舞之精华，并与京、昆、徽剧艺术结合。它的主要曲调为簧调、大陆调。在具有历史意义的1954年华东地区戏曲观摩演出大会上，锡剧被正式定名，并成为华东地区三大剧种，锡剧、越剧、黄梅戏这三大剧种中锡剧为首。当年涌现出姚澄、王彬彬等一批优秀的锡剧演员，并逐步形成了各自风格流派。锡剧之所以能流传到今天，在于传承，在于其精神和精髓一直在锡剧人之间传承并发扬光大。锡剧在江阴城乡有着深厚土壤，曾诞生过一代大师锡剧四大名旦之首的姚澄。继昔日姚澄之后，江阴这块土地上，如今又升起一颗耀眼的锡剧之星，走出了锡剧王子周东亮。周东亮的成长离不开父亲周林华的启蒙与指点。除了老师、师父的传承，锡剧人家庭成员之间的上下衔接，使锡剧一代接一代传承下去并发扬光大，这就是锡剧传承的特点与闪光点，使人不由得对锡剧人充满了好奇和敬意！

周林华出生在江阴云亭镇一个普通农民家庭，1960年他十六岁时，江阴成立了戏曲学校，招生时，他凭借天生一副好嗓子，凭借着看滩簧时学会的几句锡剧大陆调，考上了锡剧班。录取后，他十分兴奋：因为祖祖辈辈是农民，没有一个城里人，他的户口从此能迁进城；因为家境贫寒，父母种田，他是老大，下有两个兄弟一个妹妹，上戏曲学校吃饭不要钱，还有三四块零用钱，能减轻家庭负担。因此，这位来自农村、出身贫寒的懵懂少年，格外珍惜这一机遇和幸福，开始了勤学苦练的学员生涯。教唱功的黄凤鸣老师,最大的特点是咬字准,丹田运气足,称为“字正腔圆”,周林华认真地跟黄老师学唱功,除在课堂学习之外,周林华把所有业余时间都用来练唱功,每天天不亮,当其他学员躺在被窝睡得正香时,他已到君山树棵里练功、吊嗓“啊——咿——”他刻苦认真,系统地跟黄凤鸣老师学唱腔,跟京剧老师练基本功,跟形体老师练表演,学习了半年之后,就开始登台演出。难忘1960年12月12日这一天,人生第一次正式登台演出。他扮演的角色是《珍珠塔》中的白胡子老生——老家奴王本。虽然第一次登台心中有点紧张,但他很有信心,因为平时学习排练认真,颇有底气。虽然这是小角色,没有一句唱腔,但他一丝不苟,走路有姿有态,仅有的几句台词,一字一字,抑扬顿挫,轻重有敛,层次分明。没有想到的是,这样一个小角色,居然给人们留下了深刻印象,得到了老师和观众的一致好评,评价之好甚至盖过主角。这使他明白了一个道理,角色不论大小,只要你演得好,就会得到认可。《珍珠塔》之后演《双珠凤》中霍定金的父亲——黑胡子老生时,反响最好的又是他。由于他认真对待每一场戏和每一个角色,因此在《三看御妹》这出戏中团里决定让他演小生。由于他个子矮,身高仅一米五八,但古装戏是穿靴的,只要靴跟高就可弥补个儿矮的缺陷。于是他穿着特地定做的高跟靴,开始了演主角小生。他曾经用秆称称过演现代样板戏《红灯记》中李玉和时穿的皮鞋重“五斤四两”,穿着这么重的靴子表演,可想而知是多么辛劳,他说“习惯了，也就不觉得重和累了”。他为了演好角色，勤学苦练，即使是简单的走台步，他也认真习练，上身纹丝不动，小腿前后左右轻灵甩动，有节奏，有姿态，又是那么与众不同……“文革”期间，传统戏剧被称为“四旧”扫出舞台，锡剧团排演《沙家浜》，由于现代样板戏主角形象需要高大，他个子矮只能跑龙套。在这出戏里，他一个人跑六个龙套，撑船的、胡传魁的兵、新四军战士、逃难的群众等等，每一个角色，他都毫不懈怠，演得相当出彩。“文革”结束后，古装戏开禁，他又登台演主角小生。记得在当时的西郊影剧院，一个月内连续演出五十九场《珍珠塔》，日场夜场，场场爆满，有人实在买不到票，甚至冒充说“我是周林华的老婆”。冒充的居然不止一个，以至于有人开玩笑地问：“周林华，你到底有几个老婆？”自江阴锡剧团成立时他（十六岁）进团，到如今六十五岁，从没有离开过剧团，五十年来剧团进进出出一百多人，拿他自己的话来说，他是“铁筛子筛来筛去，筛留下的一粒种”。如今他退休了还被留用，并继续上台演唱锡剧。

周林华学艺的过程，是他虚心好学、拜能者为师的过程，也是老师、师父精心传授的过程。团里曾经请来老艺人曹万春教唱腔，因曹万春一只眼睛不好，大家叫他“曹瞎子”，身为副团长的周林华对他很尊重、很关心。外出跑码头，他俩常住同一个宿舍，有一天晚上，周林华真切恳求说：“曹老师，您的连环板、连环句在群众中影响较大，我想跟您学，让我将您的唱腔传下去，发扬光大吧。”“你有这样的心思，这样虚心讨教，我会传授给你的，你会有出息的。”曹万春说。“连环板、连环滚句”是绝活，它的特点是如何运气，由慢到快，要一气呵成，一泻千里。连环板、连环滚句大都属于簧调系统，难得出现在大陆调系统，主要是在表达人物极度愤慨、激昂、兴奋等情绪、心情时用，舞台效果极好，由于他的虚心好学，因此成为曹万春连环滚句、连环板的唯一传人。

除了得到黄凤鸣、曹万春等老艺人精心传授外，1980年，他正式拜王彬彬为师。在江阴第一招待所，宣传部、文化局领导摆了一桌酒席，周林华向王彬彬跪拜行师徒大礼，从此成为王彬彬的学生。王彬彬创造了男声腔中优秀无比的“彬彬腔”，“彬彬腔”是锡剧流派中最具影响力的小生唱腔，是小生行当纷纷效学的主流唱腔，“彬彬腔”的特点是“清脆明亮，豪迈奔放”。但周林华并不是一成不变的模仿，他悉心钻研“彬彬腔”，以“彬彬腔”为基础，根据自己嗓音的特点，吸纳众家之长，只要对提高自己的艺术有益，均采用“拿来主义”，周林华最大的特点是能够根据人物自己设计唱腔。网上评价说，要讲锡剧的味道，除了王彬彬之外，就是周林华，有网友说王唱得好，也有网友说周唱得好，甚至还有网友说周林华唱得比王彬彬好，虽然这只是网上网友的争议与看法，但由此可见周林华的唱腔非同一般，在省里是数得上的。他并没有立下什么宏伟大志，只是把锡剧当做自己的人生信仰来对待。世上也许只有他儿子周东亮知道他想了些什么，做了些什么，留住了些什么……

1968年"文革"期间,周林华在这相对较闲的日子里结了婚,婚后第二年就生了周东亮。当时团里闹派别,他心情郁闷,一方面为了排解郁闷;另一方面也是为了练唱,他常常在家中,边拉二胡边唱锡剧,他发现每当他自拉自唱时,东亮就特别安静,仿佛天生喜欢听锡剧,对锡剧特别敏感。东亮四岁的一天,他在戏校授课结束,将东亮放在自行车后座里带他回家,从东门一中戏校到北门浮桥家中,路程很长,担心他年龄小坐不住,于是就一边骑车,一边教他唱《太湖儿女》的大陆调,"凤凰山大火烧我心,心心想念新四军……"没有想到,东亮特有天赋,居然将在路上学的八句唱腔一字不漏、一句不差地从头到尾唱了出来,他听了很高兴,特地去买了一卷饼干奖励东亮。从此以后,只要闲下来就教东亮唱戏,有时东亮不肯唱,他就采取措施,学会一句奖励一块饼干,在他悉心传授下,东亮小小年纪就已经学会了不少唱段。有次带东亮走亲戚,亲戚请东亮唱一段,他小眼珠子滴溜溜一转,一看人少,当即表示"没人看,我不唱"。人少不肯唱,人越多,他越肯唱。六岁时,有一天带他到团里,有人叫东亮上台唱一段,东亮一看人多,当即上台,有模有样唱了一段《杜鹃山》中雷刚唱段《怒火烧》,一点儿不怯生、不怯场,表现出与他年龄不符的成熟,仿佛他就是为锡剧而生。随着他一天天长大,周林华想到自己和妻子两个人个子都比较矮,担心儿子的个子也矮,为了让他长得高,夫妻俩平时省吃俭用,尽量让儿子吃好点,特别是在东亮身体发育阶段,买了一只又一只的童子鸡给他吃,一只接一只,让他吃、吃、吃……真正是可怜天下父母心!至今周林华坚信,东亮一米七八的个子,是吃鸡吃出来的。如今的锡剧舞台上,身高一米七八的周东亮已经成为一道亮丽的风景线。在周东亮成长的过程中,他不仅倾注了伟大的父爱,而且也显示了他与众不同的方式,付出的心血是常人难以想象的。为了让东亮保护好嗓子,他一遍一遍叮嘱:"千万不能抽烟喝酒,如果场面上实在推不掉,只能喝啤酒、红酒,千万不能喝白酒。"如今周东亮不抽烟、不喝酒,嗓音保持得很好,许多唱腔早已成为经典……

不知是巧合还是天意,周林华1960年考上江阴戏曲学校,周东亮1985年考入江苏省戏曲学校。周林华进江阴戏校是在锡剧发展史上的第一次高潮时期,周东亮进省戏校是在锡剧第二次高潮时期。周东亮考上省戏,父亲心里有点舍不得,因为他是过来人,知道其中的苦,除了练唱练功的辛苦之外,外出演出跑码头也很辛苦,江南水乡交通不便,大都乘船去演出,每到一地,不但自带铺盖,而且要自己动手搬道具行头,搭台布景,晚上睡觉条件好的地方有张床,条件差的地方猪圈旁打地铺,别提老鼠臭虫,有一次连一只蜗牛也爬在头上……虽然他心里有点舍不得儿子去吃苦,但看到从小迷恋锡剧的东亮铁了心,他还是予以支持,并且对东亮提出了要求,"要么不吃锡剧这碗饭,要吃这碗饭,你就要争口气,一定要有出息!"

从此以后，周华林成了东亮的编外老师。只要东亮放假回江阴，就叫他把在戏校学的来一遍，特别是在唱腔方面，发现不足之处，予以指正，并精心传授自己几十年钻研、总结出来的唱腔心得……周东亮戏校毕业，进省锡剧团后比较顺利，主演过几出大戏。但有那么几年，受社会大气候的影响，锡剧极不景气，团里经常不排戏，觉得内心有点没着没落空荡荡的，闲得无聊时，就到歌厅唱流行歌曲挣些钱，迷茫之中，父亲告诉他"不能放弃锡剧，锡剧这么好的艺术，群众是喜欢的，大剧院不演锡剧，群众中唱锡剧的依然很多，我由于个子矮，唱功再好，也没有走出江阴，你个子高，天生一副好嗓子，从小就唱锡剧，底气比其他人足，基础比其他人好，你一定要坚守！"真正是一语惊醒梦中人！在父亲点拨下，他于迷茫中重新找回了自我，树立了信心。省锡剧团给东亮的重头戏是《珍珠塔》里的主角方卿，排练前回到家里父亲一句一句地帮他纠正唱腔，一句句把关，反反复复，唱来唱去，直到他认为可以过关，满意为止。最后，父亲高兴地对他说："行了，就这么唱，你一定成功。"上演后，果然一炮打响，十分成功，并得到了省文化厅领导的点名表扬。激动的那一刻，他突然真正地懂得了父亲，明白了什么是自己的最爱。深深切切地从骨子里爱上了锡剧，爱上了父亲。周东亮主演的方卿，因其形象美、唱腔美、表演美，获得了很多奖项，1997年才三十四岁的他成为省里最年轻的梅花、文华双奖演员，走向了辉煌……

从二十岁上台到四十二岁，周东亮在舞台上已经走过二十二个春秋，《珍珠塔》这出戏，迄今为止，已演了四百多场，此时此刻，又一场演出即将开始，在后台，他化好装，细细琢磨那些早已烂熟于心的唱腔，接着开始酝酿情绪，从这时起，他的身姿、仪态、表情、思想、心情就完全是方卿了，入戏了。方卿的每一句唱腔、台词，每一个动作，他这辈子也忘不了，可能下辈子演来也不会差分毫。随着舞台阅历的增长，演唱底蕴的厚实，他逐步形成了自己与众不同的演唱风格……特别是唱腔，锡剧唱腔艺术主要分为两大系统：簧调抒情，大陆调抒事。根据不同角色不同感情，例如同样唱大陆调要唱出不同味道，方卿嗓音要略微细腻一点，包公要放宽喉咙粗略一点，增加共鸣，不同人物有不同的唱腔，周东亮的唱腔不仅字正腔圆、豪迈奔放，还韵味十足，被称为“彬腔周韵”，好听、耐听、耐品，越品越有味道……

这是从周林华、周东亮身上展开的历史卷轴，不知是锡剧这个行当自动选择了他们，还是天生就是锡剧人，他们对锡剧有着永恒的好奇和敬意！父子二人有着那么多相似，他们把自己的青春都献给了锡剧，他们的人生，他们的命运已跟锡剧紧紧相连。与父亲不同的是，周东亮青出于蓝胜于蓝，实现了父亲没有实现的梦想，走出了江阴，走向了全省，走向了全国！在此特别要提的是：除了周林华跟周东亮之外，周东亮的妻子，出生在江阴南闸的季春艳也是锡剧人，目前是省锡剧团崭露头角的花旦。周东亮的女儿周亦敏从小受家庭熏陶，十二岁就到上海昆剧院学昆剧，对演戏颇有心得，今年十六岁，已经登台演出，得到老师和观众好评。周林华的老伴，是一位朴实的退休工人，耳濡目染也迷恋上了锡剧，是江阴锡剧名票之一，为给锡剧普及尽上一份心意，她常到江阴中山公园，在锡剧戏迷群众性演出中去唱上一段，一开唱腔，韵味十足，俨然是得到家中真传，引得大批群众围观，拍手称好。这个五口之家像是一叶小舟，在艺海中不断前进，从某种意义上来讲，这叶小舟已成为某种精神象征，锡剧就是这样乘风破浪一代代传承下来并发扬光大的。

台上乾坤，戏里爱恨，一幕幕悲欢离合，一场场精彩演出，舞台上满当当荡漾着戏韵和戏魂，他们生是锡剧人，死是锡剧鬼……

在这微微透着寒意的夜晚，月光如水，万籁俱寂，我站在窗前，就着月光，翻看着字典。这本商务印书馆出版，定价一元，1971年购买的新华字典，褐色塑料封面。它经过我三十几年的成千上万次翻看，展现出岁月沧桑：变形破损卷角，沾染墨迹，纸张暗淡泛黄。它旧了，发黄了，感觉也就更温暖了，我爱极了它这份洗尽铅华之后的质朴，用手抚摸总觉有一种特别的温馨。看着它，浮躁的心不由得趋向纯

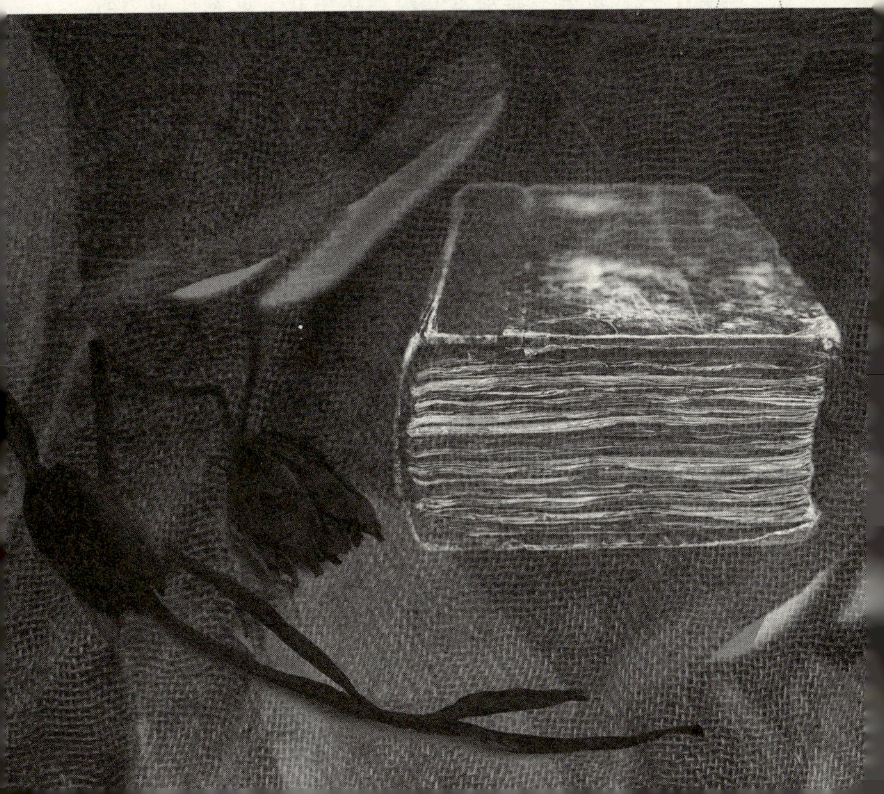

净，一种久违了的感觉渐渐漫溢开来……

当年，我家生活拮据，父母的工资相加每月不到五十块钱，要养家糊口，还要供我们四个子女上学。从小酷爱读书的我，虽然渴望有本字典查查书中不认识的字，但在当时一元钱能买几斤米、吃得饱是父母最大心愿的情况下，能拥有一本字典成了我的奢侈梦想。当时，我家低矮老屋的小天井跟国营城中菜场正面一排窗户、侧面的后门紧相连通。小天井的光线比家里光线亮堂，我习惯借天光在天井看书。不知是被我好读书打动，还是可怜我父母的难处，或许还有其他原因，总之，1971年10月27日这天下午，菜场一位白发苍苍、瘦骨嶙峋的老会计，到新华书店买了一本新华字典郑重其事地送给我。此刻回想当时情景，内心不禁隐隐作痛：送字典的这位老人，夏天永远只穿一件有好几个破洞的旧圆领汗衫，春秋两季穿的那件旧灰布褂子，冬天还要罩在棉袄外面穿，他到这菜场才两年多，他经历过什么，从何处调来？他家在哪里？家境怎样？我年少不懂事，不但一无所知，只知道他平日不苟言笑，不爱走动，大部分时间是坐在破账桌前记账算账、拨打算盘，他拨打算盘的声音异样的轻，轻到几乎听不到什么声响。清晰地记得那年那月那天，老人站在敞开的窗口，朝正在埋头看书的我轻微微叹气般咳了两声，我本能地抬头看他，他朝我点点头，双手将本崭新的新华字典递上，又对我轻轻摆摆头示意别声张，接着像什么事也没发生过一样，回身走到菜场西角落，坐在账桌前埋头看起账本来。我双手紧紧握住字典怔怔地看着他，简直不敢相信自己能拥有一本字典的梦想成了现实！内心充满了极度喜悦，激动地只顾翻看字典，把字典像看小说一般从头至尾仔细地看起来……

时光如流水匆匆漫过，三十几年过去，低矮老屋小天井泥香不再，国营菜场早已不复存在，赠我字典的老人早已作古。从低矮老屋小天井、国营菜场，到高楼大厦、超市大卖场，从计算器到电脑互联网，各类字典从简装、精装到豪华包装，定价从数十元、数百元，甚至到数千元，但这本字典还在。我从少年到青年，又到中年，从学校到工厂，再到机关，变换过几个工作单位，搬过几次家，整理更新扔掉过许多杂物、旧物，唯独这本字典难以割舍。每每回想接过字典的一刹那，总感到有什么美好的东西在心头一闪！那个年代，虽然有点乱，有点穷，但有一种很朴素的东西，使人悄悄地浸润在里面。每每翻看字典，总觉得心里面有一个支撑！我觉得自己当年收到的不仅仅是一本字典，而且还是珍贵的足以让人享用一生的礼物。

我所居住的苏南小城春暖夏热秋凉冬寒四季分明，每年冬天总会下雪。雪是四季之中大自然赐予我们的最特别的礼物，风雨四季都有，唯独雪花只在冬天降临。风呼呼有声，雨滴答有声，雪声跟风雨声不同，异常轻微，轻微雪声得用心去倾听、捕捉，雪声异常美妙，雪声美妙在于它的声音使世界更宁静。一朵朵一片片雪花轻轻飘落在地上、树上、屋顶上，行人、车辆在雪花中闪闪烁烁，苍茫又显温暖。虽然大

雪带来行路不便等诸多困难，但扫雪、滚雪球、打雪仗、堆雪人、拍雪景，大雪使小城有点忘乎所以的欢快起来……童年时没有电视，更没有电脑游戏，能有一毛钱进电影院看场电影已很奢侈，寒假里盼望下雪，下雪后，孩子们一个个小老鼠般蹿出来，到空地上玩雪，先齐心协力堆一大雪球做身体，再滚一小雪球安在大雪球上做头部，接着找个大瓷盆放进雪，鼓捣结实后翻出来，盆形雪块盖在小雪球上当小帽子，最后找根胡萝卜当鼻子，弄两粒黑纽扣或小煤块当眼睛，截段指头般粗长的树枝掰成弯月形按上去当嘴巴，于是一个笑嘻嘻、傻乎乎的小雪人拔地而起，好奇地看着这帮小手冻得通红、头上冒着热气的孩子们先围着它欢呼，然后开始打雪仗，玩得累了、渴了，抓把雪放进嘴里当棒冰、砂糖、冰激凌般吃得开开心心，雪给童年带来了一份纯真简单的快乐，这份快乐伴随着我度过一个又一个寒冷的冬天。

从童年喜欢雪开始到如今几十年过去，时代在发展，社会在进步，城市在变大，房屋在变高，生活越来越好，冬天的雪却越来越少。即使下一场大雪，也因楼前空地太小，采集不到多少雪，只能勉强滚个小雪球。虽然城市不像旷野能让雪花大手笔铺展它的情怀，但它无处不在，表现出一种最自然、最本色、最纯粹的美丽，它让绽放的梅花少了没有绿叶相伴的遗憾，它让枯枝重温了别样的枝繁叶茂，雪是冬天的灵魂，没有了雪，冬天失去了美丽，大地失去了滋润。雪一片片一朵朵轻微微地坠落，仿佛坠落到我内心最深柔软处。虽然如今冬季的每一天都能丰富多彩,歌厅、舞厅、网吧、健身房,各种去处应有尽有,但雪带来的那份纯真简单的快乐却无可替代。大雪过后,银装素裹,一派北国风光,小城呈现出一种刚柔相济之美,雪中漫步,徜徉在一片清冷的银白色世界,仿佛步入一个美丽童话中。噪音、粉尘、混浊突然消失,空气是那么干净、清新,我愉悦地享受着,深深地感激着雪。每次下雪,我总会摊开手掌,迎接它的到来,雪花静静地躺在手心,别样的亲切弥漫心灵。

然而,今年冬天却没有下雪,这是五十年来的第一次。近十年来雪少了许多,但每年冬天下雪次数不少于两场。今年冬天没有下雪,我内心涌上一种刻骨铭心的失落,在失落中寻觅着雪与现实的内在联系:森林过度砍伐,温室气体过度排放,环境污染、全球气候变暖,今年冬天的雪是被我们人类自己赶走的。冬天无雪,气温偏高,带来了虫子肆虐、蓝藻爆发等种种危害,大自然已经向我们人类发出了严重警告,我们必须以高度的社会责任感和历史使命感,节能减排,保护环境,为自己、为子孙后代造福。让雪花在冬天翩翩起舞,让洁白天使把小城冬天装扮得像个童话,让那份纯真简单的快乐重新回到我们身边。雪啊,我深情地企盼着你!

绵绵春雨，清洗着繁华红尘，使得匍匐在江阴城内西横街的“刘氏兄弟纪念馆”的颜色更为素净、面貌更为安详。雨中的它散发着沁人的静穆，升腾着氤氲水雾，像座满载着文学、音乐的殿堂，我被它深深地迷住，不由自主地走了进去……

刘氏兄弟纪念馆是著名文学家、语言学家刘半农，民族音乐家、二胡专业学派奠基人刘天华，民族音乐家、二胡演奏家刘北茂这同胞三兄弟的故

居。它坐西朝东，由三间两进两侧厢、三个天井、一个后院组成，是刘氏兄弟的曾祖父刘荣、祖父刘汉建造，距今已近二百年，属清末小康住宅。

穿过精致的六角园门和生意盎然的天井，落地长窗上的透明玻璃隐约泛光，这第一进房屋曾是刘氏兄弟的父亲刘宝珊办私塾上课的地方，现已辟为三个展室。在一展室，我看到了刘半农早期的日记手迹，发表在《新青年》杂志上的文章和他创作出版的诗歌集、杂文集，还有他翻译的剧本《茶花女》；看到了他跟鲁迅多次交往的资料和他为李大钊营葬的捐款收据；看到了他研制的“日晷仪”、“音高推断尺”和有关他首倡新式标点和“她”“他”二字的资料等等，一切的一切，实实在在地证明了他是五四新文化运动的闯将、初期白话诗歌的拓荒者、我国实验语音学的奠基人！在这里，我叹息他因1934年去西北考察方言染回归热，仅四十四岁便以身殉职……在二展室，我看到了刘天华改进的新型二胡，他使用过的乐器：古琴、笛子、琵琶等等，还有那把刘半农从欧洲留学归来送他的小提琴；看到了他主编的《新音乐》杂志，他记谱的《梅兰芳歌曲谱》、他创作的二胡名曲《病中吟》《空山鸟语》《月夜》《光明行》等曲谱，还有德国高亭公司为他灌制的唱片等等，是他使二胡由伴奏发展为独奏，由民间口授心传发展为二胡曲谱、二胡独奏曲谱，并使二胡成为高等院校专科之一，是他使二胡把位由三把发展到七把……在三展室，我看到：七岁丧母、八岁丧父，由两位兄长抚养长大的刘北茂，因1932年夏刘天华到北京天桥收集民间音乐时染猩红热，三十七岁英年早逝，为继承刘天华改进国乐遗志，在刘半农鼓励下，毅然从英语教授改为教授音乐的历程。于1981年去世的他，一生创作了二百多首二胡曲，其中《汉江潮》《小花鼓》《千里淮北赛江南》《哀思》等广泛流传于世。在三展室有张不同寻常的木椅，刘北茂晚年病魔缠身还坚持创作，为坐久了不生疮，请木工在这木椅上打了十二个洞眼，坐在这把木椅上，他创作了《缅怀》《流芳曲》，凝望这张木椅，怎不使人感到敬佩……

二进南房里刘半农结婚时的雕花大床、用过的藤编考篮、书箱依然安在，在京使用过的写字台搬回来放在窗前，虽然时间将这些用具磨去了光泽，但刻下了他伏案苦读、用心创作的不灭身姿；北房是刘天华的房间，摆设依旧，床上挂着的蚊帐，虽已破旧不堪，但它见证了刘天华为避蚊在帐里练琴的那种执著！南房与北房之间的正厅中，悬挂着刘氏兄弟的三张巨幅黑白照片，相片旁是刘氏兄弟的江阴同乡兼好友、著名学者吴文藻的夫人——著名作家冰心女士的题词："刘氏三杰，江阴之光。"凝望这八个大字，心中不由升腾起强烈的自豪感！有着近三千年文明史的江阴，地处长江边、苏锡常"金三角"几何形中心，历来是大江南北的重要交通枢纽，历来是兵家必争之地，交通和军事因素使这里的流动人口很多，从而吸取了各地精华，丰富了地方民间文艺，热情高亢的江阴方言、山歌俚调是刘半农的研究对象，而婉转优美的评弹、滩箫，孔庙、庵堂的钟磬经乐，使天华迷恋，江南音乐名家周少梅曾被请来传授二胡、琵琶演奏，江阴民歌大王被请来唱山歌，刘半农记词，刘天华记谱，这里是他们创作的源泉，是牵系他们小舟的缆绳，是他们永远温馨的港湾！在这里我还仿佛看到他们那早年守寡的祖母夏氏，用自己善良的心和柔弱的肩膀撑起刘家一片天空，学孟母择邻而居，将房屋低金租给一位优秀的王姓教师办私塾，使自己的孩子得到了不仅免费而且还是良好的教育；在这里我仿佛看到他们的父亲刘宝珊，考上秀才有资格当教师后，在这里办私塾，继而创办翰墨林小学堂，开设语文、算术、英语、美术、音乐、体操等课，三兄弟在父亲的指导下，接受全面教育，此时此刻，从瓦缝屋檐流下的滴答滴答雨声，仿佛是他们的读书声，恍惚间还仿佛看到他们上课厌倦时，以撒尿为名，到院中桂花树下的泥洞里看是否有小虫钻出，到竹园里看是否有春笋冒尖，到井边照照镜子……社会陶冶，大自然激发想象，家庭与学校的良好教育，以及自身的努力，孕育着刘氏兄弟。二进后院里那口水井，虽然井壁已长满青苔，但它不涸不盈，刘家代代饮用这井水，繁衍生息，这是一口幸福的水井，因为它左边的右鼓墩上，刘天华曾坐在上面练琴，并创作了第一首二胡名曲《病中吟》……井右边的晒酱台上，刘半农曾因父亲不同意他辍学从军投身革命，与父抗争，在晒酱台上躺过几天几夜……

我在这里一遍一遍地徘徊着，心中感慨万千：这里陈列的三百多件展品，两千多件遗物、资料，全面展示了他们的生平和成就。这刘氏三兄弟的人生像一条河流，河中有平坦的主航道，也有暗流支流，更有暗礁险滩，他们怀着炽热的爱国心，靠着“常人所不能及的恒与毅”，追求进步，追求真理，前赴后继，为弘扬祖国民族文化事业呕尽毕生心血，共同构成了生命河流中最美丽的风景！如今，隔着迢迢时光河流，还能够体味到他们的独特芬芳！

刘氏兄弟都曾当过北京大学教授，都逝于北京、葬于北京。我没有到北大去寻觅踪迹，也没有去北京西郊的墓地凭吊，因为他们生在这里、长在这里，无论何时何地他们从没有忘记过这里，死后，他们魂归故里……

啊，岁月悠悠，时间把空间变成了一个崭新世界，江阴城日新月异发生着翻天覆地的变化，唯一不变的是刘氏兄弟纪念馆，它虽然身处闹市中心繁华街市，却执著地守住了深厚的历史文化底蕴，压住了喧嚣的市俗市井气息，刘氏三兄弟在中华优秀人物星河中，互相辉映，闪耀着夺目光辉，是江阴永远的骄傲！

春雨缠缠绵绵，如泣如诉，如歌如梦，从纷繁浮躁中脱出身来的我，在这里徘徊寻觅，这里没有游客人头攒动，也没有嘈杂叫卖喧哗声，但这里的每一件展品，每一件遗物、资料都使人心动，生活中沉重凝滞的东西，在这里融解，这感觉真好，感觉自己像一棵干枯的小草，在春雨滋润中舒展茎叶……此时此刻，我看到，雨水凝成滴滴水珠，停留在庭院中刘半农牵记并为之作过诗的桂花树叶上，停留在那蓬勃的百年天竺叶上，一颗颗密密麻麻的晶莹雨珠宛如千万颗珍珠在叶面上闪闪烁烁，像一行行文字，是刘半农创作的诗歌；像一个个音符，是刘天华、刘北茂创作的二胡名曲，一阵风儿吹过，闪烁雨珠优雅灵动别具风采，淋漓尽致地表述着一种绝伦、一种超脱、一种飞翔，这一瞬间，我的灵魂飘起来，刻骨铭心地懂得了这里的每一份美好！春雨绵绵，昨天下着，今天下着，明天起来，雨还没住……

说明：1919年，半农在京思故乡，以“桂”为题作诗

半夜起了暴风雨，
我从梦中惊醒，
便想到我那小院子里的花，
有一棵正在开花的桂树
它正开着金黄色的小花，
我为它牵记得好苦，
但是辗转思量，
终于没法儿处理，
明天起来，
雨还没住……

初秋的夕阳安详地照耀着我家窗前的草地，我默默凝视着那给草地镀金的夕阳，心里在叹息在感慨。

抛下人世间种种烦恼嘈杂，李德忠先生在初秋的夕阳中离去。

生与死本属无奈，无数无奈连接了人生，这其中有太多的无法选择，我只是感慨李先生去得太早太早。因为他离开人世的时候，秋天只不过刚刚开始，夕阳只不过刚刚绽放美丽。

也许由于李先生不仅外表极具学

者书生的气质风范，骨子里也是个文化人的缘故。他虽然担任过市委宣传部部长、市政协副主席的职务，但他在我面前却一点官架子也没有，坦诚随和得如同我的一位老师或文友。我与他有数十年的交往，也无话不谈，谈社会、谈人生，谈对某些人和某些事的看法，谈得最多的是文。

通过谈话，我知道他喜欢写文章，能写文章，并且发表过几篇好文章。除写作之外，我还知道他喜欢读书读报；除了写与读之外，我还知道他每发现一篇好文章，就剪下来收藏。在他退休之前的一次交谈中，他又一次提到了他的剪报。他告诉我，多年来他已搜集了不少，“退休之后要定定心，仔仔细细、认认真真再读读看看”。在这次谈话中，他还告诉我，“退休之后要潜心研究一些东西，江阴的历史文化中有许多东西有待进一步挖掘”，他说他要“好好地写出一些东西，将原来心中一直想写却由于种种原因没有写出来的文章写出来……”

然而，万万没有想到，心愿未了壮志未酬人已先去，他去得是这样匆忙，这样早，生命是如此脆弱，人生是这样无奈，唉……

为官多年的他正直清高，洁身自好，两袖清风，留下的财富和纪念也许只有发表过的文章和多年来精心搜集的剪报。但我认为，这已经足够了。大作家任尔夫讲过这样一个故事：末日审判之时，各路建功立业的英雄在接受天主赏赐。当天主看到一个书生腋下夹着书静静地从他面前走过时，他对身旁的人略带羡慕地说：“这个人在人间已热爱过读书，就不必再领受其他赏赐了。"此时此刻我坚信，写作、读书、剪报已经赏赐给李先生许多高尚情操，使他身在官场却少了金钱地位名利的诱惑和牵累，使他至少活得干净坦荡，使他问心无愧得以安息。

不知不觉中，初秋的夕阳已离开草地远去，只是将最后一抹霞光驻留在窗棂，仿佛在跟我作最后告别。凝望这初秋的一抹夕光，仿佛凝望一个纯净的灵魂，我不断地叹息着、感慨着，深深祝愿他在另一个世界过得很潇洒，很好，很好……

天空飘着雨，我在雨中跟庙巷老房告别。改革开放三十年来，江阴城日新月异，虽然江阴城的一些沿街楼宇像出列的一队村姑，洋不洋土不土；虽然江阴的色彩太多，令人眼花缭乱；虽然江阴城城区区域东一块西一块，难显大气；但总的来说，江阴发展很快，越来越美，越来越大。随着江阴人民生活水平不断提高，汽车以惊人速度占领大街小巷，为了解决停车难，庙巷要建停车楼。庙巷虽然是没有刻意打造

过的地方，巷道狭窄，楼宇陈旧简陋，但它地处江阴城内黄金地段中的最佳位置，它周围是城中心幼儿园、小学、暨阳中学、南菁高中、中医院、人民医院、中山公园、步行街、音乐厅、体育场，庙巷新村7幢201室曾经是我的家，虽然很小，面积才六十几平方米，但真正跟它告别时，才知道自己心里竟然对它有那么多牵挂，过去的一切似乎很远又似乎很近……

二十四年前的初冬，我儿子可科呱呱到来，看着小被窝里他那粉嘟嘟的脸，我内心充满了柔情和责任感、使命感。孩子饿了哭、哭了吃、吃完尿、尿完睡，除了睡觉，一刻没闲着，有时候睡觉都咧嘴笑，从能坐能站到蹒跚学步，从拍手唱儿歌到背诵唐诗，从嬉戏玩耍到他童真、懵懂的小身躯背着书包上小学，一天一天，一年一年，儿子在庙巷渐渐长大，儿子长大的过程，是小家庭里最为忙碌的时光，然而也是最为朴实的生活。庙巷里有井，打水声、洗衣声、话声交织在一起，很热闹，收破烂的进巷总把平板车停在井边，然后四处转悠吆喝："旧书、旧报、酒瓶、可乐瓶的卖？"每当听到，儿子学着吆喝并调皮地在"旧书、旧报"前加上"舅公、舅婆"，最后一个"卖"字拐几个弯的拖音更是学得惟妙惟肖，惹得人哈哈大笑！巷里邻居家有只被我儿子起名"阿花"的猫，这只猫很神奇，它每天准时接女主人下班，它的男主人喝酒时，它会蹲在座位上陪着，只要听到我儿子呼唤"阿花"，它不管在哪儿总会钻出来现一下身。在那时候，江阴城里的汽车很少，街上都是自行车、骑车人最多是上班族，其次是学生，上下班高峰，无数自行车像决堤洪水泛滥，骑自行车是必须学会的重要的交通工具，儿子在庙巷四通八达的狭窄小巷里，在没有人教过、扶过的情况下，学会了骑自行车……一件件、一桩桩、点点滴滴，儿子长大的过程，缤纷了大人的天空。在庙巷新村7幢201室这六十几平方米中，我们生活了整整十五年，儿子上中学那年才离开庙巷。如今儿子走过童年、少年，长成青年，焕发出渐渐成熟的迷人青春气息。

虽然庙巷新村7幢201室将随拆迁而消失，回头张望：曾经生活过的十几年，庙巷老房的生活是原生态的，忙碌的……不论季节如何变换，不论住房如何变迁，时间一去不复返。随时光流逝的，不仅仅是跟它共同度过的生活，还有年龄，还有成长，还有单纯，还有……虽然拆迁使庙巷老房成了货币、成了商品，但我真诚地告诉它，我们一家三口永远不会忘记你曾经的温情陪伴！儿子笑着对它说，别了，童年！虽然是笑着，但内心深处的某些悸动，使他的神情充满了异样，不知是幸福还是忧伤？我相信，童年的记忆永远颤动他的心弦。此时此刻我们真正明白了每个人曾经生活过的地方是永远不会忘记的，不管过去多久，总有一种理由让人惦记着它！

在跟庙巷老房的告别中，我期盼，庙巷停车楼色彩和谐，造型别致，美观大气，成为江阴的标志性建筑之一！在对庙巷停车楼的期盼中，心情像被天空中的雨淋过一般潮湿了一片，仿佛水样的乡愁，无论落在哪里都了无痕迹……

一个平常的午后，我坐在窗前阅读作文。这是1924年，由无锡文华书局印制的，黄纸、线装、方格、竖行的辅仁中学作文本，由于年代久远，黄纸已斑驳。洒落在窗前的午后阳光淡淡黄黄的色调，将黄黄的、斑驳的作文本映衬得梦幻般安详，使我的心出奇的平静……

这是一次偶然，我在江阴文庙地摊发现的，拿起随手一翻，映入眼帘的是这样一篇作文《试述我最爱之花木

及其理由》:“一年四季的花木颇多,一时很难叙述。然而我最喜爱的就是菊花。菊花是一种高贵的花木。讲到它的颜色有红有白有黄有赭,真是鲜艳可爱。至于它的形状也很多,有的像丝、有的像爪,很感奇妙。有了这两种好处别种花木已经不好了,然而它又开在深秋百花都凋落的时候,独独地存在不怕严烈的寒气。大盖松柏是树中的君子,菊花也可说是花中的君子,这都是我爱的理由呀。”

读完,我惊叹1924年的辅仁学子竟有如此才情。于是,毫不犹豫地买下了这四本作文。此时此刻,我认认真真一篇一篇地阅读。这位家住无锡石塘湾,名叫孙希圣的学生,用他那工整遒丽的毛笔字,在作文里倾诉着他们那个时代、那个年龄的心情和经历,把辅仁中学的往事演绎得有滋有味:在《校舍记》中,他描述当年的辅仁中学:“房屋约数十间,每间之中可坐数十学生,亦使人不觉其小,窗户甚多,空气甚为流通,上课之时不觉昏闷,而大门对于南方,四面多隙地,成为良好散步处。可见建筑之计划为精矣。”在《说中文与西文》这篇中,他这样写道:“学生二三百人,功课繁多,而以西文稍重,因将来在社会谋事基础之优等学校也,因西文现代世界最重视者也。”由此,我知道辅仁中学特重视英语教育。此外,在《记我校对于体育之提倡》中他这样写道:“今岁(一九二五年)则竭力提倡课外运动,如台球、足球、篮球是无一不备,每级各有选手比赛,为全校第一者,校中赠给优胜旗,亦勉励学生努力之一法。又请史先生为指导。张先生教授拳术……”充满活力的学校真令人神往呀！在《述吾之最大志愿》中表示，“吾之最大志愿欲以振兴实业、普及教育、以强中国。”这话给了我强烈心灵震撼，不知他后来怎样？是否实现了理想？在《拟同学某君传》中，他生动地描述了他的同学汪庭亮如何钻研数学，一日，他到汪家，汪“在家练习算术共十题，尚有难者四题”。于是，他与汪一起“研究多时”后提议，“已研究二小时矣，甚烦闷，可出外一游”。而汪曰：“吾必算出之后方能出游也。”

一篇一篇，由老师按“甲乙丙丁”成绩眉批的作文，每一篇读来都给人以不同感受。虽然沧海桑田，百年易逝，学校送走了一批又一批学生，经历了一次又一次动荡轮回，但作文记录了学校和学生的痕迹：辅仁中学历史悠久，教育思想独树一帜，可圈可点，辅仁学子的思想抱负、品质才华在字里行间诠释，历史记住了真实！一篇篇作文连接起来，宛如一条缓缓流淌的溪流，流到细处，忽然有了震撼心灵的效果。我知道，学校、学生永远是一个破折号，诠释、证明、传承着……

午后阳光，从我窗前轻轻地移过，岁月也悄悄地移过，这一刻，抚摸着黄黄的、斑驳的作文本，心中充满了感激之情……

年华似水，不知不觉中，我从江阴市解放中学工读班毕业已三十年，关于母校的记忆跟青春、流水一样已越来越远……一所学校要让人记住，是要有一些象征性建筑的，提到母校，自然而然会想到兴国塔。这座建于北宋太平兴国年间的古塔，历尽沧桑，经受过大火、炮弹的摧残，塔顶已成钢笔尖形，但它依然傲然屹立，成为独特的风物。我们母校就坐落在兴国塔下，三十年前，我在母校喜欢凝望它，三十年

后，我依然喜欢凝望它。我喜欢它的姿势，不仅像笔尖更像山的巅峰；我喜欢它的本质，既厚重又简洁朴实。我喜欢它的存在，不仅仅是因为它的历史内涵、象征意义，更主要因为它是我的母校存在的唯一见证。

三十年前的塔下母校简简单单，规模不大，几排砖木结构灰瓦平房、一座简陋的礼堂，泥泞的操场，还棵梧桐树、几丛冬青，没有现代气息、没有迷人景致，还缺乏知名度……三十年后，回忆母校模样，倍感温馨，因为它给我一种类似家园的感觉，它散发着一种只有老屋、老街才有的独特气息和魅力。

在塔下母校的怀抱里，我度过了两年半高中时光，我代同学作文，同学代我绘图，操场泥地上打排球，背地里给物理、体育老师起外号“斜面”、“类人猿”……点点滴滴，那种年龄的天空，脸上表情、内心秘密都是那么简单，一些大我两岁的女同学连谈恋爱写情书都好像无拘无束，有意思的是，晚熟的我，那时根本不懂得恋爱为何物。十八岁的岁月永远青葱样保鲜在记忆里，点点滴滴引领着我去感受学生时代的喜怒哀乐，哪怕其中有些是苦涩的，如今都被岁月酿得甜蜜蜜。虽然在塔下两年半时光，从头到尾像是一条直线，没有波折，没有传奇，没有辉煌，也没有遗憾，但由于我们这个班是当年半工半读高中试点班，半个月读书，半个月到机械厂车间劳动，跟师傅学技术、车钳刨铣……是母校给了我更多走进生活、感受社会、感知人生的机遇，给我后来的文学创作提供了生活的原始积累，由此使得我对塔下母校的爱恋更为刻骨铭心！

三十年沧海桑田，随着城市建设的推进，除了兴国塔还在，母校的历史空间消失了、铲平了，连个名字也没留下，母校原址建起了兴国园，成了一处风景。三十年后，同学聚会，每个人经历各不相同，为官者、经商者、下岗者、得意者、失意者，有着种种差距。人生徘徘徊徊，脚印复复沓沓，也许学生时代一颗心被风吹一下也会喊疼，三十年过去，即使把心浸泡在盐卤里也一声不吭，岁月将一切磨砺得坚硬而粗糙。是塔下母校给了我们同班、同学、同桌的缘分，三十年过去，虽然额上已有皱纹、头上已萌生白发，虽然如今的社会是那么浮躁虚荣，唯有同学相聚的这一刻，没有贫富贵贱之分，人人脸上洋溢出从心底泛出的是学生时代才有的真纯，同学相聚、同学友谊，显得是那么纯粹。

此时此刻，我在兴国园徘徊，兴国塔一脸温柔地看着我，灿烂夕阳从塔尖洒落下来，有一种绵长的温暖，记忆像夕阳在微风中弥漫，时光在这一瞬间发生了倒错，朦胧中仿佛看到自己正在校园内漫步，正坐在课堂上读书……当我们被现实生活搅得昏头昏脑时，我喜欢什么都不去想，到兴国园走一走，看看兴国塔，感受母校的气息，想想学生时代的单纯。提醒自己，永远保持一种学生心态，我真心希望自己永远能当一名学生。

呵，岁月在变，风景在变，母校在变，同学在变，不变的是兴国塔，它见证了我已渐行渐远的高中时光，传递着一份永远的真纯内涵，虽然时光似流水，但它不会把所有东西都带走，凝望兴国塔，仿佛凝望母校……

人类历史上出现关于狗的记载已有很多年，一万五千多年前穴居人的画中就有狗与人的身影了。多少年来，狗为我们看家、牧羊、嗅地雷、闻毒品、抓坏蛋，给老人安慰、给儿童欢乐，不论贫富贵贱，它总会与主人同甘共苦。随着物质生活的提高，城里养狗的人逐渐多了起来。我养狗纯属偶然，大年初五，儿子将一条名叫“阿宝”的小狗领回了家。

这只属吉娃娃品种的、比猫还小

的三岁小公狗,瘦骨嶙峋、皮毛暗淡无光、两只耳朵因被大犬咬裂正在淌血、一只眼睛有病睁也睁不开,小肚皮上还布满湿症小疙瘩。天哪,怎么带回这么一只小狗？我一看,很不喜欢。但它那楚楚可怜的模样、纯真无邪的眼神,使我动了恻隐之心,暂时收留了它。但天天唠叨,不是叫儿子将“阿宝”还给朋友,就是声称要把它送人。没想到的是,养着养着,不知不觉就喜欢上了它。

原本以为它是令人厌烦的小东西，没想到它特善解人意,一点儿不烦人。它吃喝拉撒睡很有规律,并从不在家中大小便，有一次实在憋不住在家中一块塑料垫上撒了尿,随即趴在狗窝里一动不动,以为它病了,去看它,它低下头把视线移开不跟你对视，完全像个知道做错了事的小孩子,使你不忍心斥责它。它喜欢吃带骨头的东西,如鸡腿;它还特爱干净,每次外出回家,要帮它揩洗干净后,才肯踏上地板。江阴城内时有大中型犬咬死小型犬、咬伤人的事发生,但从没有听说过吉娃娃在外惹事,它天生就适合当宠物,讨人喜欢,很乖巧,还会察颜观色,只要看到你手中拎包,或不拎包但跟它说“再会”,它就明白不会带它外出,一动不动站在那里目送你出门,任何时候,只要外出回家,总有它高兴跳跃的小身影守候;有客人来访,它表现出足够的耐心和友善,我和来客谈话时,它不是乖乖地趴在旁边静听,就是独自玩耍,不像有的狗搅得人难以好好谈话。偶尔带它外出赴宴,它静静地蹲守在桌脚旁或趴在你怀里,从不吵着要吃的,给它吃它也不吃,非要等回家再吃。带它上街,它穿行在人群和街道上像在大桥公园里散步那样从容、镇定,并对周围充满着礼貌的好奇,对身边发生的事,一点儿不紧张、害怕或条件反射式地攻击。一早一晚到大桥公园散步,是它每天最快乐的时光,它高兴地赶去跟狗友相聚,追逐嬉闹玩耍。如今的小阿宝,体型匀称、体格矫健,黄白相间的皮毛亮光光,小巧的脸上两只耳朵竖得笔直,虽是单眼皮,但又大又圆,水汪汪地透着清纯,四只脚虽细但特有脚力,弹跳力极强,小尾巴呈九十度保持向背部的姿势,神气地翘着,俨然成了吉娃娃中的"小帅哥",有人慕名为它介绍了同一品种的漂亮女友"花花",此外跟它同名的娇柔女狗"宝宝",也准备跟它婚配,甚至有人领着一只美丽的小腊肠犬也想来跟阿宝配种。

然而,阿宝最最打动我的地方是:对于凡是它能够到的地方上的一张餐巾纸、一个小纸盒都要扒呀、咬呀、撕呀、搞得粉碎的它,连只臭袜子也要拖进窝里去的它,唯独不撕我家习惯性随意放在地板上以及沙发上的报纸、稿纸、书本,甚至连踏也不踏上去,并且只要看到我看书、看报、提起笔,它会立即安静下来,趴在旁边,不管时间多长它也陪伴着、守着、等着,不知它怎么会有如此灵性,真令人啧啧称奇!使我把它当小孩、当心肝宝贝一样爱着、宠着。

休闲寻乐是人的天性,下棋、搓麻将、打扑克、跳舞、听音乐、做操、打拳等等一切都是为身心健康而乐而为。

我除喜欢看书写作外，还喜欢上了小“阿宝”。它的可爱顽皮，它的乖巧聪明，给我带来许多欢乐，一早一晚的遛狗兼散步，增强了我的体质，为此，我衷心地感谢小帅狗“阿宝”。

温情荡漾的三月里，我家对面铁栅栏旁的一棵小桃树开花了。

这棵由邻居老伯捡来随意栽下的桃树，小到主树干细得一只大手便可基本握住，但它的枝条很舒展，姿态很优美，整个树姿定格在好似一位楚楚动人的古代美女举袖在舞。

它以不变的姿态，熬过寒冬，繁衍出美丽生命，褐色树枝孕育出的无数花蕾，在这春天里争先恐后开放，满树桃花灿若云霞，花心红蕊蚕丝般娇柔，

如绢的花瓣,白里透红,红中带粉,每一瓣都镶边叠褶,似剪裁似描画,风情万种,美得出奇!

如果说公园、果园的桃树林整体怒放是一种无拘的放纵,那么这棵伫立在冷漠铁栅栏旁的小桃树孤独绽放是一种尽情的渲染,它那最中国、最民间的桃红色彩,渲染着喜庆吉祥,洇掩去城市生活的疲惫,使你平淡的日子变得生动和柔情……

三月的天空下,在我惊喜目光的注视中,小桃树仿佛是一首诗、一支歌,发表在城市缝隙——铁栅栏行间,又仿佛是一团红焰,烈烈燃烧,还仿佛是一只吉祥的红鸟,振翅欲飞,总之,它鲜活亮丽地呈现在那里,给人带来丰富的想象和美妙的享受!

然而,满树红霞竟然只亮丽几天工夫,便香消玉殒,满树光秃秃,凝望散落的桃花瓣,我心痛、惆怅,联想青春易逝,年华似水,更是伤怀感叹……徘徊在小桃树旁,心里不止一次地动过葬花的念头……

直到有一天,发现枝头结出手指头大小的桃子,心中的恍惚才化解为另一番情愫:如果桃花的那份美丽永驻枝头,怎么会有桃子?为了让果实早点得到阳光雨露,它在花期旺盛时,不恋枝头,毅然飘落,虽然它熬过寒冬艰难的孕育仅仅亮丽几天,但它的这番境界,真正令人刻骨铭心!

我深深地爱上了这棵小桃树,这近乎有一点点浪漫,却是完完全全纯净,我深情的目光陪伴着它度过了它这一段开花结果的日子,这是一段普通但很圆满的日子,它给了我愉悦,还使我多一份清醒,多一份思考!人这一生说长也长,说短也短,幸福也罢,困苦也罢,都是生命中的财富,也许有你认为不如你的人当了市长、局长,也许有你看不起的人发了大财,也许也许,好的坏的,有太多的也许,人与人之间无法攀比,不能攀比,各人有各人的活法,各人有各人的价值观、人生观,人生中虽然有许多错过与无奈,但只要生命过程中曾经像小桃树这样灿烂过、奉献过,便无怨无悔!

一束阳光从铁栅栏缝隙中斜斜射过来,似舞台追光般笼罩着小桃树,很纯很美,静谧中感到它也是那么真诚地看着你,我情不自禁地伸出手,轻轻地柔柔地握住了它的主树干,这样想,倘若人有来生,而来生必须变成一棵树,我希望自己能轮回成一棵小桃树。

走进华西村时，太阳还没升起，整座村庄在晨曦中别样韵致。一条大河穿村而过，此刻，风吹着河水，数十米宽的河面波光粼粼，水波仿佛是从历史深处荡漾而来，在向我倾诉着、揭示着某种奥秘……

华西村是两千多年前江南始祖吴泰伯开发江南荒野时，形成的无数自然小村落之一。1961年成立华西大队时，资产不足两万五千元。后来苦干实干，治水改土，挑土数百万方，将高低

不平的田块，改造成稳产高产良田，同时，发展多种经营，走农工副综合发展道路。20世纪60年代末，又利用四间破屋，办起地下小五金厂，从建小红炉打镰刀、卖镰刀等农具开始"集体经济"的资金积累。到70年代初，"统一规划，私造公助"，建成六百七十间平房，开始在"共同富裕"的道路上起步。

一年又一年，大河日夜奔流，不管前面有多少险阻，它不屈不挠奔入长江大海，它流水年华中真实地记载了华西村的沧桑巨变。改革开放给华西插上了飞翔的翅膀。它坚持"集体经济、共同富裕"的特色，走出了一条以集体经济为主，合资、合作、股份、私营等多种经济成分并存的发展之路，村民们"能工则工、能种则种、能副则副、能养则养、能商则商"，踏上了共同富裕之路。村民们1973年住平房，十年后住楼房，如今家家住上了别墅，家家有存款几十万到几百万，家家有汽车。进入21世纪，华西村又以"村企分开、经济统一管理、干部统一使用、劳动力统一安排、福利统一发放、村建统一规划"的方式，以华西村为中心，先后纳入周边十几个村，建立大华西村，开创出一条更加宽广的发展之路。如今，村固定资产从改革开放初期1983年的三百万元，增加到四十多亿元。华西村被誉为"天下第一村"。村内美化、绿化、净化，有大片工业园区，也有千亩农业生态园；有农民公园，也有世界公园；有工业区、生活区、商业区……基本实现了农村城市化、农民知识化、农业工业化……

蓦然回首，岁月如河水流逝。河两岸有美丽的自然风光，也有丰富的人文景观，但无论时事怎样变化，不变的是这条河。这条河是村庄的魂，这里的一草一木、每一寸土地都汲取了它的营养，这里的人们凝聚着它的魂魄，把水酿成了内心的甜蜜。抚今追昔，当年“吴仁宝赤脚下田”、“铁姑娘挑土方的重担”、“泥泞村路”、“破旧房屋”、“简陋的农民夜校”等往事，如今只是呈现在泛黄的老照片里，牛车水车，木犁和土纺织机，也只是在景点供游客即兴操作……

就要离开村庄时，太阳已经升得很高，灿烂阳光给大河带来了变幻莫测的光影，使大河更具灵性，更融入村庄意境。徘徊河边，聆听它音乐般的倾诉，呼吸着它湿润的气息，感受着大河两岸华西的新风，情不自禁地爱上了这条河。问村民，这条大河叫啥名字？一位村民回答：“它流过啥地方就叫啥地方的名字。”于是，我在心中把流经村里的这段大河，亲切地叫做“华西河”！

*望月

春的晚上，我在临湖的休闲椅上静静地坐着，湖是人工开挖的，少了些自然气息，但湖这边，我身后的树林是原生态的，偶有风吹，野花的清香便悄然飘来，这里美好，并有无人打扰的寂寥，这是我想要的。此时此刻，我在凝望着湖中的月亮。

现代社会物欲横流、竞争激烈，心态浮躁的人们很少望月，但月亮一直为我们保留着它的美丽和神秘，保留着跟你心灵对话的空间。嫦娥奔月、加

加林登月……刚发射不久的“嫦娥一号”绕月卫星，从古至今，月亮一直魅力不减地吸引着我们，不仅如此，我总觉得月亮有一种精神，这种精神里积淀了中国人五千年的情感。月有阴晴圆缺，人有悲欢离合，团圆美满这是月亮的祝福，思亲这是月亮带来的念想。月亮这神秘而美丽的星球，离我们很遥远，但此刻它就在我眼前，银盘似的月亮正在湖底沐浴，慈祥着、清亮着，散发出迷人气息，一阵风来，湖水细细碎碎跃动着，仿佛无数珠玉在闪烁，使人很容易地想起一些人和事，特别是思念自己已故的亲人，我守望着湖中的月亮，不由自主地想起了父亲、母亲。

我的父母都是普通工人。父亲沉默寡言，但极聪明能干，是建筑公司有名的能工巧匠，他除上班挣工资外，还起早摸黑，帮人家砌房砌灶筑雨漏，想方设法再挣点钱，所有的钱全部交给母亲管理。那年代物资匮乏，收入很低，为了养活我们四个儿女，并活得健康，都有学上，光靠父亲一个人的收入很难，母亲在操持家务的同时，捡垃圾、推板车、帮人洗衣裳，什么脏活苦活都干过，即使后来有了固定工作，进父亲所在的建筑公司当小工，拎灰桶递砖头，上班的同时还要操持所有家务，从早忙到晚，稍有空闲便找活干，记得我小时，也曾跟着母亲给商店糊过纸袋、为菜场剥过毛豆、帮工地敲过石子……

在漆黑无助的夜晚，月亮带来光明，它默默地散发着温暖的气息，眼前的月光同唐朝大诗人李白“疑是地上霜”的月光一样的白，白亮的月光映着历史、过去和现在。

此时此刻，除了月亮，还有什么能让人如此这般地想念父母、想念从前？做、做、做，父母含辛茹苦地做着，即使退休后，也没歇着，父亲去住工棚看工地，母亲摆小摊、出租被子，想方设法挣着血汗钱，一直做到儿女长大，学校毕业参加工作并都结婚成家，才正式在家歇着……父母质朴无私的慈爱像雨露阳光和空气，毫不张扬地尽其所能地奉献给我们。如今养一个孩子深感不易，至今难以想象父母当年是如何咀嚼着不为人知的辛酸，把我们四个孩子养大，回顾父母走过的路，艰难着、生动着。每一次想起父母，每一回都感觉到一股暖意直抵心底，在心灵燃起人性的佛光，这是淳朴善良，勤劳勇敢、节俭、坚韧的美好灯盏，指引我人生的路程……父亲和母亲只在晚年享了几年福，父亲比母亲早走八年，八十八岁的父亲在一个春光明媚的下午平静地离去。父亲死后母亲一心念佛，焚香念佛时，眉宇间显得那样舒坦，神情是那样安详，沉浸在发自内心的平静中，母亲离去时八十岁，同样是在春天里，面色如生微笑而去。无论是父亲还是母亲，去世时都留下一些钱，平日里儿女们孝敬的钱，居然一分钱也不舍得花，全部积攒了下来，为什么，为什么不花啊，唉，每每想到此，我长长地叹息，挖心挖肺的痛，总是感到深深的愧疚，是为自己在父母活着时，除了给点钱之外而忽略了其他……

月亮就像一条温情脉脉的引线，牵出了父母温暖、厚重、粗糙的手，有多少时光从粗糙双手的辛劳中流过，有多少回忆在双手的劳作中生动呀，难忘母亲在灯下一针一线缝书包，难忘父亲捡回的破旧小人书，难忘低矮的老房子，难忘在父母身边度过的岁月，在父母身边的日子，那是一种真正无比幸福的日子，可是，永远不会再回到父母身边了……湖中月亮，随着风吹湖水起伏波动，变幻莫测，美不胜收，一会儿成碎金点点，一会儿成朦胧光晕，一会儿曲折成美妙光带，最后凝成金黄圆盘，月圆满，人团圆，是每个人心中的企盼，有父母家可归，有父母在等，有父母可喊，是幸福的，这种幸福的感觉，不论过去多少年，总能体验出它那深入骨子里的浓烈，不知不觉心头哽咽，有一种潮湿的东西在内心点点滴滴积聚，终于汇成一片感恩的湖水。人一生中的有些时光，是应该用来思念、用来感恩的。凝望月亮仿佛凝望父母的面庞，突然有一种心悸的冲动，不但想伸手抚摸，还翻滚着跟她说说话的强烈愿望，不由自主殷殷地说："你们在天国好吗？只要你们过得好，我就放心……"

不知不觉中夜越来越深，风也越来越大，该回家了。我站起来，沿着树林中的小路朝前走，我走，月亮也走，每走一步，它都陪伴着，就像我的父亲母亲。止步抬头，朝天空中的月亮虔诚地、久久仰视着，突然看到灰色浮云正快速聚集，不一会儿就遮住了月亮，在看似不可化解的乌云密布中，一道月光破云而出，坚定地驱散着乌云，不一会儿乌云散尽，月亮重新成为夜空的领袖，不知是在湖里洗过，还是被乌云摩擦过，月亮的颜色摄人心魄的美，不知这别样的、带有仙气的月黄色是如何调出来的，凝望着月亮，心里有着别样情愫，我想，如果再给我一次机会，仅仅是一个晚上跟父母在一起的机会。首先我会请父母来我家吃晚饭，端上我亲手烧的父母最爱吃的菜和从没吃过的山珍海味，晚饭后，我一定会一边一个握着父母粗糙的手，陪着从没散过步的父母在月光下走一走，一路上不厌其烦、认真地听父母说话，走走歇歇，在休闲椅上坐坐，这时，我会给喜欢抽烟的父亲点上一支早就准备好的中华烟，取下背着的大旅行杯，给喜爱喝茶的母亲倒上一杯观音茶。倘若有人从我仨身旁经过，我会高兴地自豪地介绍"这是我的父亲和母亲"。可是，这一切永远不会再有了，泪水模糊了双眼，是一种感动，抑或是一种惆怅，说也说不清楚，思念着父母，向天空中的月亮行着注目礼，思念如月光般铺满心灵，感恩使悲痛的心慢慢趋向平静。

路旁有一大丛不知名的野花在月光下开得格外芬芳热烈，我情不自禁上前用心摘下几朵，重回湖边，把它撒在湖里……

西大街、司马街东西走向，与南北走向的中山路交会形成的十字路口，繁华光鲜，人来车往，喧闹扑面而来，一种使人心境浮躁的气息弥漫着，这一刻我很难受。我对这里的感情非常复杂，这里的有些东西是真正的刻骨铭心的。

我出生在这里。当年的十字路口，房屋低矮，街道狭窄，路面高低不平，菜场、粮站、南货店、肉墩头、理发店、大饼店等跟人们生活密切相关的商铺

集中于此。但商铺极小,其中规模最大的城中菜场也仅仅是旧平房三间门面,四五个营业员而已。因而这里并不热闹,市井生活平淡充实。女人披头散发去简陋公厕倒马桶,白发阿婆蹲在地上一棵一棵择鸡毛菜,男人在家门口修理木桶,巴掌大的理发店里即使不理发也总有两三个人懒散地闲坐着,粮站前的空地是孩子们玩耍的天堂,而家住十字路口的一个点上——西大街1号的我,因老屋低矮,光线昏暗,总喜欢坐在跟菜场相连的小天井里看书……那时没有电视空调,没有汽车洋房,吃的是粗茶淡饭和没有农药浸蚀的蔬菜,人们在这里生活了一代又一代。十字路口的老街老屋也许破旧残败,或许有点肮脏拥窒,但曾经感受过父亲母亲的辛劳,见证过街坊邻居间的情谊,留下过我们的喜怒哀乐。老街老屋更多地保留了一个城市地地道道的市井气息,刻下了城市记忆。

记忆随岁月流逝而模糊,时光似水,水滴石穿,滴得人和岁月一起老去。一晃几十年过去,城市建设发展的春风带来了一些东西,也吹走了一些东西。虽然城市建设发展本来就是一个不断失去的过程,虽然有时失去并不一定是痛苦,而是快乐。但我认为有些东西就算是伤痛,也应该存在。在城市建设改造拆迁中,为拓宽道路,我家老屋被拆迁,连同老屋一起消失的还有离我家不足百米的小河。小河弯弯长长,美丽宁静,穿城中心而过,河上架着一座座形态各异的古朴石桥。那时的江阴城很小,但小小江阴城内有暨阳河、澄江河、内城河、观河、双鱼钩等多条小河。至于东横河当时只是属于城外围的河。可以说，当时江阴城里的土地每一条纹理都充满了水分。这条离我家很近的小河，透着一种沧桑，一种从容。水很清，站在岸边可看小鱼在水草间嬉戏。小河水很干净，渴了到河边用双手捧捞上一捧水喝得很舒坦。夕阳洒在河上，水波折射出一种小家碧玉式温婉光芒。小河滋养着我们，小河两岸是一系列江阴风土人情。在没有自来水之前就到小河挑水吃，淘米洗菜洗衣服，捉鱼摸螺蛳，夏夜到河边捉萤火虫，秋天到河对面菜地里偷瓜，小河盛满了欢乐。我在这条小河里学会了游泳。小河，小河上的桥，是我上小学时的必经之路。这座桥当年坐落在如今的暨阳中学校门旁，我每天来来回回要从桥上走四趟，对小河实在太亲切太熟悉，心中难以忘怀并隐隐作痛！

此时此刻，我站在这繁华喧闹的十字路口，神思有点恍惚，百感交集。我总觉得在城市向前建设发展的进程中，“开发”二字有点急功近利的意思，这儿开发那儿开发，为什么不留点余地给子孙后代去开发？为什么非要在短时期内硬要开发出全新的某某地方来？在推土机、升降机面前，江阴还缺乏一种必要的坚守的精神品质。倘若有江阴名片之称的兴国塔，它周围新建、后建楼房不是那么随随便便超过它的高度，倘若能保留住江阴城里河与桥的原生态，今天的江阴城一定是别样风情，更有味道！虽然一切是旧貌换新颜，多了高楼大厦，多了宽阔的马路，多了五光十色，但缺少了宁静，缺少了清新空气，缺少了水乡意境。我的十字路口、老街、老屋，我的小河小桥，带点儿旧，带点儿拙朴，带点儿贫穷苦难，像一张老照片刻在心版上。在这张老照片中，图景是那么的清晰，与出生地有关的以前的一切在记忆里苏醒并活动起来，多么想回到当年的街景里去啊，哪怕仅仅在那里停留一天。然而失去的永远失去了，再回首时，父母已不在了，只留下父母的爱在闪光。怀念父亲母亲，怀念街坊邻居，也怀念清清小河边洗衣时有节奏的棒槌声……记忆如此汹涌，不知不觉泪水模糊了双眼，因为只有在梦里，十字路口的老街、老屋，小河、小桥还是老样子。

立春，雨水、惊蛰，春分、清明一天天走近，不管有雨无雨，清明在人们心中总是一个湿漉漉、沉甸甸的日子，人们借助扫墓等祭奠方式，传达一份原始的孝心和真切的怀念。我父母的墓地在郊外山上。

每年清明，上山扫墓时，总看到山脚沟畔路旁的草丛中开着一种特别的小花。花很小，比五角硬币还小的花朵中间是淡黄色的花蕊，外围是一圈由自然之手雕琢出的精细花瓣，护花的绿叶

又薄又嫩。这花虽小虽弱，却因是一簇簇集聚，显得蓬勃，它花式一样，但花色有紫有白，白是荷花白，紫是牡丹紫，色很纯，朴素里焕发出一种气质。它默默无闻，没有人去精心呵护，却不怕风雨，走过严寒，只要能得到一点湿润和泥土，就萌发，生生不息，一岁一枯荣，根在生命就在，希望就在，无论它多么普通，多么微不足道，但它一颗开花之心永恒，花开花谢，一点花魂守着下一个春天。每次上山扫墓，我总跟它们打招呼，摸摸叶片仿佛握握它纤纤小手。我很想采上一束献到父母墓前，但因为对这小花心生感激，从没采过一朵！感激不仅仅是因为它们每年清明时节在草丛中不变的绽放守候，更因为它们使我一颗伤感的心少了些沉重，多了一份思考的淡定。

告别小花，不一会儿便来到墓前。春风轻柔，太阳温暖，两棵松柏翠绿、墓碑朴素大方，春意盎然的墓地极美。凝望墓碑，仿佛凝望父母，墓碑在静默中矗立。这一刻，离父母那么近又那么远，这是一个爱的空间。父母之爱无法用确切言语表达，我的父母都是普通工人很平凡，但他们认认真真工作、清清白白做人、善良之心待人、平常之心待事、平平淡淡生活，跟中国千千万万普通百姓一样，为家庭、为儿女、为社会默默而无私地奉献了自己的全部！此刻，感受他们曾经度过的骆驼、老黄牛一样负重的岁月，想起在父母身边生活的点点滴滴，心中一片虔诚。父母之爱只有一种表达，就是付出！这付出可以是一碗粥、一双鞋、一次等候……每次想起父母，便涌出深深歉意，为自己曾经的粗糙木然,“子欲养而亲不待”,这是人生最大的痛楚和遗憾呀!光阴易逝,人生无常,生命充满无奈和神奇,生老病死不遂人愿,但即使阴阳相隔,隔不断血浓于水的骨肉之情,总有一些永恒的东西留下来,父母留给我们儿女最大的财富是教我们如何过日子,如何做人。我曾经心态浮躁,十分看重名利、计较个人得失。每一次走过小花绽放的山路,来到父母墓前,心胸就会豁达起来,光阴荏苒,白驹过隙,人生不过百年,名利如过眼烟云,一切繁华终究要归于沉寂,如今我青春不再、盛年已逝,该看淡的已看淡,该想清楚的已想清楚,不强求无奢望,只想安安静静过自己的小日子,闲时看看书写写字,只想跟父母一样,静静地老去,老在安详里,平平淡淡过完一生。想到此,感恩之心清亮着。突然,有两只头戴凤冠的鸟儿鸣唱着从墓碑上方飞过,我心一动,抬头望去,白云悠悠,蓝天无边无际看不到尽头,我想它一定是在向天堂延伸,父母在天堂一定过得很好很好,父母在天之灵一定会保佑尘世的儿女……

扫完墓下山的路上,又见草丛中的小花,谁说它渺小,它以一种精神展示出别样风采,就像我的父母,虽然平凡,但平平淡淡是最真、是最美,平凡之中见伟大!当时当刻,太阳照着,春风吹着,鸟儿唱着,花儿开着,这就是生命,这就是美好时刻,我感到踏实,感到安宁!

家住文明广场南边，窗外有片杨树林。

三年前，当这批杨树栽种时，高一米左右，树干仅婴儿胳膊般粗细，光秃秃的，别说树叶，连根树枝也没有，给人一种稀疏纤弱的感觉，想象不出它长成后的模样，只是担心它能不能承受生命之重，能不能抽枝发叶、长大长高？

然而，它仿佛生来就是要亲近蓝天，一直不停地热烈生长着，才三年，

这些杨树就蹿到了四层楼高，树干挺拔茁壮，树干上那一根根伸向天空的树枝上面挂满了一片片可以扇动空气和阳光的浓郁茂密的叶子，一棵棵、一排排，数百棵杨树构筑了真正意义上的树林，它宛如一条绸带柔媚地缠绕在广场南边，为广场带来一片生动，带来四季轮回的一份浪漫，也成了我家窗外最珍贵的拥有！

累了，烦了，走到窗前，看看这片杨树林，树身上自然形成的一些节节疤疤，像一只只眼睛看着你，似乎在诉说着什么，令人不由自主地感动。三年来，小到它萌发叶芽，大到它长粗长高，看清了它的成长细节和每一个节律，看清了它生命的灿烂轨迹：

春天，星星点点散落在大小树枝上的叶芽，似襁褓中的婴儿般柔嫩，嫩芽在酣酣细雨里舒展，长成心形叶片，叶片嫩绿得晶莹剔透，像一片片心意争先恐后挂在枝上，弥漫着别样柔情，展示了春的美妙，使人心中充满了温馨；夏天是它生长发育的最好时节，枝繁叶茂，叶片由嫩绿变为墨绿，闪动着绸缎般的浓艳，折射出青春骚动和生命的蓬勃，发烫的阳光穿过树缝叶隙，跃动的光束光斑，掺和上“知了知了”的蝉声，渲染出绿的缤纷、绿的热烈，看着真正绿到了骨子里的杨树林，心中透出一片阴凉；当秋风在杨树林流动，叶子一点点由绿变黄再转为褐色，它色彩斑斓，像幅精美绝伦的印象画，看着它，心儿像一只风筝随着秋风在它上空悠悠飘逸；冬天的杨树林虽然没有绿意，呈现灰褐色，但这精神气儿不败，它怀着向往蓝天的坚定信念，英姿挺拔，不曲不弯，坚韧地积攒着力量，寒寂中俨然是一道振奋人心的风景线！忽然，有只鸟儿飞来，在枝头跳跃着，几声叽啾，使人感受到杨树林冬日的生动，给人无限向往和企盼！

叶绿了黄了又绿了，四季轮回中包含了许多情趣许多回味，但它跟其他树种一样，仍是很平常很平淡。它没有松柏之风、翠竹之节，也不像腊梅暗香浮动、香樟四季常青，然而，它很独特！

风霜雨雪，电闪雷鸣，没有什么能改变它向往蓝天的坚定信念，没有什么能摧残扼杀它挺拔不屈的意志，它每年都会向上蹿高几米，它这种惊人的生长速度，它挺拔向上，不曲不弯的身姿，令其他树种相形见绌，无法比拟！不由人不对它怀着真诚的敬意！

喧嚣红尘之中，住在钢筋水泥筑成的城市楼房，窗外有这么一片杨树林，跟你平实真挚相处，是极其偶见难觅的。因其偶见难觅，更感觉它存在的珍贵！我们这个正在转型的高度发展的社会，需要高层建筑、高速公路、电脑、快餐、流行音乐，需要环保，需要绿树，更需要杨树那向往蓝天为理想不懈追求的坚定信念和精神，它的挺拔不屈和高速生长向人们证明，一旦有了追求和向往，便会营造出一道独特的风景！人应该像它那样，任何情况下，都不放弃自己的追求，赞誉也罢、诋毁也罢、顺利也罢、困难也罢，不为改变自己，去趋炎附势，扭曲自己的灵魂，而是坚定信念，不懈努力，不断攀登新的高峰！

此时此刻，站在窗前，凝望着那片杨树林，感悟着它春的温润、夏的激情、秋的浪漫、冬的积攒，感悟着它怀着坚定信念、挺拔不屈、勇往直上的品性，心像被洗过一样，所有杂念全无，只有一片空灵明净……

深秋的一个下午，我正在家中翻看邮册，一本本、一页页、一张张，欣赏着邮票中的景物、人物，沉浸在阅读邮票的愉悦中，突然电话铃响，拿起话筒，传来的是张洽中老先生病逝的消息，心情顿时变得沉重起来。张老先生是我一位朋友的父亲，"文革"前就是全国集邮协会会员，并以集邮为友，结交了日本集邮爱好者，因此在"文革"中被查抄，差点扣上特务帽子……谁能想到老人竟然有那么一段异常生动的集邮

故事，爱好集邮的我当时听朋友讲述老人集邮往事时，一种亲切感就在心底油然而生。此时此刻，抚摸邮票，为他的离去压抑不住地难过起来……

邮票看上去小小的、简简单单的，但它聚敛的内容从某种意义上来说，并不比一本书少，跟书不同的是，每一张邮票都有着从容不迫的洁净单纯，展示着别样的魅力。只因为有集邮这样的细节，才更使人感觉到老人一生的传奇。他老家在武进，解放初作为有文化的进步青年，参加工作队由苏南行署派驻江阴搞文教工作，工作出色，并积极要求入党，组织上发展他入党政审时，由于他十六岁到上海国立中学读书时，要好同学是班长，叫他填过参加三青团的表格，因此他不但入不了党还要受处分。虽然考虑到他填表时，确实年少无知，敌我矛盾作为人民内部矛盾处理，降职降级，从区文教股长、中学校长到普通教师，工作地点也一再变动，后塍、北国、澄西、祝塘，最后下放到长泾……就因为那说不清道不明的政治问题，他的人生跌宕起伏，历尽了沧桑。但无论生活是多么烦恼郁闷，多么地辛酸无奈，在人生最灰暗的时候，他开始了集邮，集邮分担了他的伤痛，充实了他的生活，由此，他选择了洁净的生活。在任何地方、任何岗位上他都默默地、小心地、清清白白地做人，认认真真地工作。虽然那个政治问题在当时是连累到家庭和儿女的、任何人都无法卸掉的一种负担，但他将这份沉重负担转化成一种强烈责任感，想方设法尽自己所能让妻子一直生活在他恩爱的温泉里，让儿女一直生活在他慈爱的温暖里……虽然后来他的政治问题在拨乱反正时,因为当时是降职降级处理,没有扣帽子,不能平反,但他没有怨言,他睿智的眼神始终闪烁着清澈的光芒,和蔼的容颜始终弥散着文化气息,他虽历经坎坷而从容不迫,置身风雨而荣辱不惊,这是一种平和的心态,一种深厚的文化底蕴,一种洁净世界的高尚境界,这平和心态、文化底蕴、洁净境界里浸透着集邮的诗意情怀。他的人生虽然说不上轰轰烈烈,但极具魅力,令人陡生敬意!方方正正的邮票,像一枚印章,深深地盖在他人生版图上,为他人生增添了永远的亮色!

在眼前这物欲横流的社会中,越来越多的人感叹人情淡薄、世态炎凉、世风日下,生活中实在缺少令人感动之处,我认为,不是缺少感动之处,而是我们自己的心灵已经麻木,不易于被感动,此时此刻,抚摸邮票,深深感受到一种伤感,就是这种别样的感动,使我眼睛湿润,浮想联翩,愿他老人家在天国生活愉快,继续集邮……

*老树与小草

一棵老树，树叶被北风全部扯光，身躯佝偻，树干遍布疤痕，密匝交错的枝枝杈杈间安着的一只鸟巢，使这棵老树显得宁静、从容、刚健。然而，真正使我怦然心动的是老树下石缝间钻出的一棵小草。

老树下面的地里露出几块形状大小不一的低矮石头，其中两块石头之间有一块两巴掌大小的空隙地，小草就长在其中。它有一尺来高，高度由一粗一细叶片一层层恰到好处地递次组

合而成，根部叶片略多，调和了它原来可能存在的小家子气的单调瘦弱布局，老树、怪石不仅衬托出它亭亭玉立的美，还显示出它的君子风度。它茎细如丝如线，但尽显韧质；叶的色彩并不亮丽，但绿得单纯；草姿绰约，但不妖娆。仔细打量，有几片草叶伤痕斑驳，斑驳伤痕呈条状丝状是褐色，看情形它不知经历了多少风霜雨雪。我正在打量时，突然起风了，风像无数细小的冷刀子钻进衣裳切割皮肤，冰冷彻骨寒，不由得打个寒噤，赶紧靠上老树干避风。风呼号着先将老树上一根细枝折断，粗暴地扔在小草旁，仿佛是在威胁一下给它点颜色！老树在风中颤抖着发出沙沙声，守护着的鸟巢剧烈摇晃着，不断有树枝被风折断，风猛烈地越刮越狂，老树沙沙的颤抖声更大了，它极力想保护的鸟巢被风穷凶恶极地扯破了一个口子，鸟巢上的材料不断地被扔下来，这时我担心地看着小草，风猛烈地扒着它赖以生存的泥土，有一小截根已裸露在外，但并没被折断，风折不断的根依然不顾一切紧紧地抓住了泥土，风奈何不了它折不断的根，于是对它瘦弱的身子大打出手，小草东倒西歪，前俯后仰，以柔克刚拼命抵抗着，由于它是在石缝间，为抵抗风的打击，它不可避免地跟石头摩擦，每一次摩擦必定是鲜血淋漓的伤害！但它依然不屈不挠地顽强抵抗着，浑身上下散发着一种任何力量也无法匹敌的震撼力！这一刻，我被震住了，惊呆了！没等我回过神来，风已败下阵，挟带着鸟巢掉下的细小材料和断枝逃走了，大风过后，老树守着破损鸟巢伤心无语，而小草守护着它的绿色依然挺立着，只是草叶上新增了几道被风摧残、被石磨砺的伤痕。这是怎样的一棵小草啊，当凛冽北风将老树叶扯光，将草坪上的草变枯变黄，唯有它守着绿色，独自摇曳着每一个寒冷的清晨和黄昏。它知道自己是一棵微不足道自生自灭跟老树和谐共生的野草，生命就是如此，它没有锋芒毕露的张扬，却有厚重的深沉底蕴，沉默中折射出绿色光芒，散发着独特气质！看着它，心里有那么一点激动，情不自禁俯身伸手，抚摸伤痕累累的小草，这棵不知经历了怎样的艰险才先于其他小草钻出来的野草，摸上去的感觉不一样，叶片糙糙的柔柔的，用心用力闻闻，居然透着丝丝清香，仿佛是春天的味道！欣赏着小草，心思纯净起来，恍惚中仿佛听到它这样对我诉说：“我，一棵小草，细茎儿挂玉，嫩叶儿滴翠，大自然给了我无私的哺育，我不能开花结果，只能给大地增一点绿！”这一刻仿佛有什么东西迅速击中了我心扉，现实生活有太多的浮躁，太多的物欲渴求，人往往会迷失自己。而小草一生奋斗只为给大地增一点绿，它的坚定执著，无畏无私使我的心暖了起来，抬眼向上看，不远处的高速公路上一辆辆大客车满载着打工回家的人们疾速地奔驰着；朝近处看，路这边，一只穿红棉袄的小狗正在方便，它的主人红衣少妇拿着塑料袋、卫生纸候着，随时准备捡狗粪；路那边，一个戴小黄帽的男孩将被人遗弃在地上的废纸盒捡起放进垃圾箱；路中央，一对老夫妻正互相搀扶着过马路……一切很平常，但人们的行为是那样接近春天。

清冷寂静中，我伫立在老树下，与小草默然相对许久许久，离开时猛然发现，它那刚被风扒开的一小截草根上居然有着两粒菜籽般大小的芽苞，呀，说明地气暖了，春天真的就要来了，心灵的愉悦在扩张，我坚信，只要像小草那样坚定信念，执著追求，人人都献出一点爱，这世界将会变得更加美好！

三月江南，春雨霏霏，人在江南，忘不了故乡，记忆里的故乡是一座遥远的小村庄。苏北泰兴市广陵镇莲塘村，小小自然村落，十几户人家，土地在小村四周伸展开来，大片青春麦苗随风摇曳，摇曳出一派浓浓乡村气息。村中有条小河，村民吃喝用水全靠它。村民沿河而居，水中芦苇野荷，岸边野花斑斓，杂树繁茂，小村美到极致，但美丽的自然风光掩盖不了它的贫穷。整座村庄全是灰头土脸的矮房子、草

房子，外婆、舅妈一大家子仅住一间半乱砖和泥的简陋房屋。每次回故乡，表哥总借宿在外。村里人多地少，经济落后，每一家粮食不多，泥巴糊的灶台，三尺宽的铁锅，几把干草一烧，米汤在锅里翻滚，夸张地说薄粥可照人影。每次回故乡，喝薄粥时总会吃到特地煮出来待客的胡萝卜山芋，此刻回想，似乎还感受到外婆慈祥的目光。然而，记忆里外婆仿佛从来没有来过江南，因为当时交通实在不便。从前每一次回故乡，都是跟随母亲，天不亮就从家里动身，赶到江边码头排队买船票。船票到手，母亲领着我上了船，从不去抢座位坐，而是待在靠近船到对岸时搁板上岸的地方。船到八圩，抢先上岸后，就拼命跑，我年纪小实在跑不动，母亲干脆把我扔下，自己赶去排队买车票，买到车票再回来接我。上了车才能正式喘口气，但刚喘过气来，就在一个叫八户庄的地方下车，下车后沿着叫季黄河的通江大河河堤七高八低的泥路上走、走、走，走到一个渡口，摆渡过河后，再走、走、走。总之在八户庄下车后，要走上十里路才能到达目的地。尽管每次回故乡总挑晴天，但有次故乡隔天下过雨，长长乡路泥泞不堪，泥浆灌满了坑坑洼洼，将我的一只布鞋陷进去，我急得哇哇大哭……记忆中的故乡实在是遥远啊！虽然两地相距不到百里，但每次回故乡，天不亮出发，路上赶船乘车加上走路摆渡折腾来折腾去，总要到太阳偏西时才能走到，实足要大半天时间。怕走路，怕没地方住，怕喝河水。虽然有联系，但长大后就没回去过。故乡在记忆里泛起的是遥远和贫困,温存中有几许惆怅。

江南江北由长江相隔如今变为长江大桥相连，汽车直接过大桥上高速公路。多年没回去已不识故乡路,手机电话遥控联络指挥，表哥的儿子骑着摩托车到八户庄路口迎接领路。季黄河旁的泥路成了通车的柏油路,原先的渡口上架起了水泥桥,过桥,水泥路一直铺到村西头,汽车直接开到舅妈家门口,距离还是那个距离,回故乡仅一个小时。路是新的,村庄也是新的,家家是新楼房,户户用上了自来水，舅妈家从小河北面搬到了南面，家里七口人,现今住四间二层楼房,楼房飞檐翘角外观十分气派,室内抽水马桶、浴缸一应俱全,在主楼西侧另建了厨房、杂物间、牲口房。舅妈美滋滋地告诉我:“住得宽敞,无论来多少亲戚也住得下。”舅妈表哥一家为我们的到来,忙碌着准备丰盛的菜肴,我的心被这热闹场景感动着。跟表哥到地里挑些新鲜蔬菜,一边走一边聊,他告诉我:“家里这块承包地四亩二分,出村不远就到地头,2005年开始不要交农业税,不要交公粮,从前一个人要交一百多块,七个人要交近一千块钱,如今一亩地上面补四十五元。地里种些五谷杂粮,种些新鲜蔬菜,日子越过越舒心。土地是我们一生也使不完的劳保啊，这都是建设社会主义新农村带来的好处啊。”表哥说这些时,皱纹里也含着笑意。他两个儿子在我们江南打工，交通便利，隔三岔五回家看看。表哥除在家种地外,一早一晚骑着电动三轮车接送在广陵第二中心小学上学的两个孙子,“两个小孩成绩很好”。表哥口气中充满了自豪,幸福荡漾在心头。

我听着、看着、欣喜着,一切都变了。唯有那条风光旖旎的小河依然驻守村中,给村庄增添无限风情。春风从河上轻轻走过,河水泛起层层涟漪,水中倒映的花草树木房屋顷刻间变成印象画,这份美丽安谧,恍若隔世。这一刻眼中满是思念的泪,倘若外婆还活着,坐上小车到江南看看该多好啊;倘若母亲还活着,不会再担心故乡亲人缺这缺那。幸福是比较出来的,梦想与希望已在土壤里生根、发芽、开花。故乡,你幸福,我快乐!

小路，绿树环绕里，一口荷塘静静地躺着，荷塘上方深邃天空的蔚蓝，荷塘旁边石头的暗红，树枝的灰褐，衬托出它独特的色调；花草树木包围下的小路、绿树的环绕，呵护着它动人的静谧。这是我家住宅小区旁最美的风景，浓缩了最真实的自然环境。仿佛前生就跟它有个约定，每当心情晦暗时，我会不知不觉想到它，靠近它。

清晨寂静无人时，我脚步轻轻地踏上小路，微风阵阵拂过，传来荷塘的

呼吸，空气中飘浮着细微的使人愉悦的气息。荷香不是桂花、栀子花那种相隔很远就能闻见的浓郁的香，而是隐隐约约、似有似无、丝丝缕缕都发自荷花、荷叶灵魂的清幽香气，在这心醉的荷香中，我不知不觉离开小路，倚着塘边一棵倾斜的树干，凝望荷塘。

水面上，安静的荷叶一片片相互连接，接缝中漂浮着些小小的圆圆的水绿色浮萍，整个荷塘水面绿意连绵，日月光华、水里生长的漂浮的荷叶，有着天鹅绒般的质感，是硕大的、完美的圆形，以最单纯的姿态，打动着我的心灵。一只小青蛙在荷叶上跳跃，于是，晶莹露珠便在荷叶上面优美地舞蹈，这一刻，我仿佛感到自己的心也在荷叶上飞翔。

荷叶间一枝一枝绿茎以高贵优雅姿态亭亭玉立着，一枝绿茎只呵护、只擎着一朵粉红荷花。粉红是一种相当奇特的颜色，花中粉红的很多，大多颜色较浓，但荷花的粉红是你心里认定的那种最美最柔的粉红，白中带粉，粉中透红，含蓄温柔如膏脂的粉色荷花瓣带有一种欲说还羞的情状，还含有似新洗婴儿般纯洁，叫人一见就心里欢喜，不忍心伤害。荷花的形状如传说中的宝莲灯，一盏盏宝莲灯透过水底的黑暗、厚厚的淤泥照亮了整个荷塘。呀，真是美轮美奂！荷花那出污泥而不染、超凡脱俗的境界在颜色、姿态、形状中表达着、诉说着、绽放着它那令人震撼的奇特美丽，这荷花印在我心版上，是永远跑不掉的了……

荷叶、荷花、荷香构筑成诗般的荷塘，它使我深切地感受到什么是美丽温柔，什么是清新宁静，什么是坚定执著……它使我暂时忘却尘世杂念，它给了我最深切的友善宽容，安静平和，它给了我最深切的安慰和对未来的美好期待；它告诉我，人在成功顺利时不要欣喜若狂，受挫折时不要心灰意冷，面对生活的刀光剑影要坦然，就像水底再深的黑暗、再厚的淤泥，都阻挡不住荷叶生长、荷花盛开，荷叶、荷花清香的飘散，荷塘令我深深感动。心里曾有着被朋友出卖的愤、被人误解的冤、被人造谣的恨、受挫折的痛，种种郁结，在心与荷的交流与相依相伴中，逐渐消失，感动是一种心情的瞬间感受，千言万语在心中涌动，泪水在眼眶里颤动，这一刻，终于止不住流了下来……刹那间，荷塘里似乎伸出无数温馨柔顺的小手，抚平我心中所有伤痕，使我躁动不安的灵魂走向安静平和……

有晨练的人朝这里走来，就要离开荷塘了，脚步依然轻轻，心中却是万般不舍，放慢轻轻脚步再回首：一只不知名的美丽小鸟，正在那棵倾斜的树上，朝着荷塘弹琴歌唱……

白云悠悠，绿草茵茵，草地上放风筝的人们时而大呼小叫、时而手舞足蹈、时而凝望高空，专注地扯纵着风筝线，空中的风筝色彩斑斓，形态各异：老鹰、鸽子、蝙蝠，一条由京剧脸谱串成的长龙腾空而起，随风起舞；一只大蜻蜓的两对青里透蓝的翅膀在风中抖动；红金鱼摆着长长的大尾巴在空中悠闲地游动……

空中别样的风情，留住了人们的视线，一个七八岁的小女孩留着齐耳

短发，昂着胖嘟嘟的小脸，欢快地看着天上的风筝，我凝望着一个纯真孩子从心底发出的欢笑，不禁有些恍惚：小时候，嫦娥奔月、万户飞天的故事使我对天空神往。虽然万户飞天失败，但因为他想飞天时坐的椅子上方挂着风筝，风筝是我们人类最早的飞行器，风筝能像鸟儿一样飞翔在天空，我深深地爱上了风筝，常看着天空发呆，还傻乎乎地在日记里这样问过它：你渴望飞翔，是不是认为幸福在天上？

小时候家贫，买不起风筝，曾将用过的作业本上的废纸撕下，折叠成小飞机，朝天空发射；也曾到工地捡铅丝、花圈店拿竹条，哄小伙伴掏五分钱买纸张，自己动手扎风筝：扎架、糊纸、绘图、用扎鞋底的棉线牵着，居然成功地飞了起来……记忆中的童年虽清贫单调，却因它带来朴素乐趣，回忆起来仿佛如昨。

岁月如流，时光难留，恍惚的刹那，红颜已逝，虽然从小到大，由于种种原因，没有放过一回真正意义上的风筝，但冥冥之中总相信自己和风筝有一种神秘牵系。如今，人到中年，家住广场边，放风筝成了我的快乐，此时此刻，我先把手中的蝴蝶风筝高举起来，接着逆风小跑，回转放线，不多工夫，它便忽悠忽悠飘起来，目光追随着它朝天空望去，借着淡淡阳光，欣赏着它美丽绝伦的双翅，惊叹它居然能达到如此逼真的程度，它的美不仅在于它的翅翼绚丽和色彩斑斓，还在于它随风起舞的洒脱飘逸。风筝的样子仿佛是生命的样子，风筝流动的姿色，仿佛是生命的悸动,看到它在空中悠闲的模样,感到身心无限放松,感到红尘中许多恩怨是非是多么的微不足道,在有着太多浮躁的今天,我们缺少的就是这种东西。

突然,它向后一仰,抖动了几下,像挣脱什么羁绊似的,向远方飘去,放风筝时突然断线的失落沮丧顿时袭上心头,忍不住想要奔跑追赶、呼喊它回来,但我怕惊扰它,默默伫立原地一动不动，只是用目光深情地追着它。此刻,空中摇曳的仿佛不是风筝,而是一盏灯,能照亮人生的灯,所有喧嚣浮躁都只能暗淡它的光辉！我想,也许自己的一生一世就许给了永远写不完的纸，但这是我对自己的生命所持的虔诚和执著,此时此刻,真愿自己两肋生翼,随它在蓝天白云间悠闲,内心的一些尘埃不知不觉地就这样被风筝一点点带去……风筝扶摇直上,飘向远方,就这样离我而去,它不知道我曾因它而感动,不知道我是多么的喜爱它。这时,身旁那个纯真的小女孩看着断线的风筝,唱起了关于风筝的儿歌“……看你穿越云海,飞得很高,你要过得很好很好,把梦想找到……”我用心听着,眼睛不可抑制地潮湿起来，泪眼蒙眬中我仿佛看到乘坐在“神舟五号”飞船翱翔在太空中的杨利伟写的那句话:“为了全人类的和平与进步,中国人来到太空了。”这一刻,埋在心底的风筝情结终于释开!

书由文字组成，文字是灵魂居住的地方，书魂散发着书香，书香溢满书房，营造出别样的美丽祥和氛围。我伫立在书架前，看着整齐排列的书们，仿佛听到了书的呼唤，这是一种轻微的叹息似的拨动心弦的呼唤，让心灵宁静而神圣，使我情不自禁地回顾读书历程。

1966年的夏天，刚上小学五年级的我因“文革”停课在家。由于家境贫寒，每天提只破竹篮去离家仅数十米

远的中学里捡碎玻璃、废纸卖，偶然中发现了被砸破封的图书馆，于是我从破窗户中爬进去，出于对当时被称做“毒草、反动书籍”的好奇，将《牛虻》《家》《林海雪原》《红岩》《一生》《名利场》《三里湾》《泰戈尔诗集》《巴黎圣母院》等书挑出来翻看，没想到这一看就着了迷。当时的我，虽然对中外文学名著尚欠解读能力，但书中的世界向我表达着千言万语，时而使我开怀大笑，时而使我泪流满面，我将二十几本中外文学名著看完后藏在堆满杂物的床下角落里，像冬去春回时小草充满对阳光雨露的渴望一样，想看书的欲望萌动着。记得当县委大院内堆筑起工事武斗时，我还趁乱钻进去，在一座陈旧小木楼里找到一本《汾水长流》。每当弄来一本书，我就躲在家中夜以继日一口气读完，实在弄不到新的书来看的时候，我便从床下摸出一本书藏在衣服里，特务接头般四处打探，低声问询：“你有书吗？咱们交换着看。”

虽然大多时是遭斥责，但也有人暗中跟我交换。一次好不容易换来一套《红楼梦》，如获至宝，每天下午把自己反锁在父母房间里悄悄地看。有天下午看得入迷，没听到外边问：“谁在里边？”外边以为里面窸窸窣窣有小偷，开始拍门、撬锁时，我才察觉……弄书、换书、读书给我少年时光、初中、高中生活带来了许多新鲜体验、刺激、梦想和快乐，并引领我爱上了文学。

高中毕业后，被分配到偏僻乡下农机厂工作，下午四点钟下班后，我便爬上上铺看书。床上搁着一块长木板，摆放着当时能公开摆出来的书，读完《金光大道》《艳阳天》，接着读马、恩、列、斯、毛著作，连当时开展的批林批孔运动中拿出来当反面教材的《三字经》《论语》等儒家学说也一一认真读过。一次听车间同事无意中提到他们村上有户人家有书。下了班，我缠着同事，踏雪十几里，去那户农民家里。农民家中一贫如洗，唯一值钱的是一只破旧老式木板箱，《西厢记》《施公案》珍藏在箱底。时至今日，我还清楚地记得那两本书的模样，因年代久远，纸张斑驳泛黄……在偏僻乡下工厂的七年，与书同眠、以书为伴，度过了许多寂寞难挨的时光，并从此走上文学创作之路。

十年动乱结束后，大量中外文学名著重新出版，一朋友出差南京排队买到一套《约翰·克利斯朵夫》送我，我欣喜若狂，不惜将珍贵邮集回赠，至今无怨无悔！当大千世界变得异常喧嚣浮躁，生活舞台变得异常多姿多彩，物欲横流摇晃书架时，我也曾有过迷惑，是读书平衡了我的心态。时至今日，我不会打麻将、不会喝酒、不会跳舞，最爱是读书。烦恼时读书，心灵得到慰藉；浮躁时读书，心灵获得宁静；平和时读书，心灵得到享受。通过读书，感觉到充实，多活了几回，赚了几生几世。

记得从乡下工厂回城后的第一件事是打了个书橱，将自己珍藏多年的书放进书橱的那一刻，我仿佛拥有一座金矿般心花怒放；如今我拥有一间数十平方米的书房，环顾书房，书们一脸沉着静静地看着我：有世界上最优秀的文学家、思想家陪伴你，有人类最美好的道德情操陶冶你，幸福就在你身边！

(一)

拜谒徐霞客墓之前，先到过他的故居和晴山堂。

故居粉墙灰瓦、飞檐硬山墙，三进十七间正房、两间厢房。是一座典型的古朴的明式建筑。阳光透过故居木格长窗门，在古旧桌椅间洒下影痕，脚步在水青砖上轻轻叩动，叩动几百年的回响。

故居分“一介布衣千古奇人”、“驰骛万里卅年”、“拓荒巨人时代先驱”三部分展示了他一生的旅程，一生的辉煌。那块从云南腾越打鹰山收山锥顶部采集背回的“赭赤色，状如峰房”的岩石标本跟其他实物一起，默默地陈列在特制的橱窗里，石头是有灵性的东西，它不知经历了多少变化、多少岁月，吸收了多少天地精气、人间精华，凝望这块岩石标本，我仿佛看到他翻山越岭的身影，又一次触摸到他不朽的灵魂……

故居庭院里有一棵他亲手所植的罗汉松，树高七米，历四百多年风雨虽苍老却依然精神抖擞，遒劲挺拔，树干树皮斑裂的条痕质感丝丝缕缕牵人心弦，站在树下深呼吸，在抬头瞬间，忽然有种领悟：四百多年前，在严酷的自然环境下的万里远游，没有别的痕迹，树是象征，是轮回，一切都凝聚在年轮中，抬手却不敢触摸，唯恐它被惊动，因为它与徐霞客同在！

我在故居寻觅，寻觅他祖遗万卷藏书楼的踪迹，耳边仿佛响起他的读书声，抑扬顿挫，忽高忽低，我还寻觅当年的扁豆、丝瓜藤架，仿佛看到他在棚架下为母亲讲述各地风情、冒险经历和游山川洞穴见闻……

看似平淡的故居，在罗汉松、在岩石标本的映衬下，有着参不尽的内涵，使人徘徊……

(二)

离开故居，穿过新建的、代表现今中国书法最高水平的一百三十多位书法家书写、能工巧匠镌刻的——《徐霞客游记》中的名句佳段石刻碑廊，便是晴山堂。晴山堂得名于他云游福建九鲤湖，谒九鲤仙祠问母寿，得“四月和雨乍晴，南山堂户转分明”谶语，为母祝寿，在老宅旁构筑的砖木建筑物。

晴山堂坐西朝东，三开间、九架进深。此时，它精雕细刻的六门十二窗敞开着，堂正中是著名雕塑家陈道坦、陈海燕父子雕塑的徐母教子像。凝望栩栩如生的塑像，母子依依，似在话别，我仿佛听到徐母曰：“长而有志四方，男子事也。吾为汝治装，行矣。”给徐霞客远游以鼓励；我仿佛看到徐母在灯下缝制“远游冠”，为徐霞客远游壮行；我还仿佛看到徐母八十岁时，由徐霞客陪同游览离家百里的宜兴、茅山的风景名胜。十九岁父亡故，跟母同住的徐霞客，不入仕途，万里远游，有着徐母的豁达和支持，我满怀深情地向徐母行注目礼！

徐霞客源于他对母亲的孝顺及他对书法碑刻艺术的酷爱，将为晴山堂、为《秋甫晨机图》请友人所作的赋引诗文，连同他祖上留下的名人墨迹——勒诸石，嵌砌在晴山堂南、北、西三面墙上，共七十六块石刻，上刻诗文九十四篇。晴山堂石刻几百年来“拓本流传，人争宝贵”。书法艺术价值“与唐碑宋碣并重”，刻工不在久负盛名的皇家法帖“三希堂”之下。七十六块石刻荟萃了明代书法艺术精品，草书、隶书、行书、楷书风采各异，颇具神韵，出自大文学家、书画家、大官僚、名士大夫：宋濂、倪瓒、文征明、祝允明、顾鼎臣、高攀龙、董其昌、张瑞图、米万钟、黄道周等八十多位名人之手。晴山堂石刻主要内容是表彰徐霞客祖德诗文、记序、传、志，为颂扬徐母而作的题记、诗赋，以及友人之间贺赠之作。它不仅是研究明代碑刻、书法艺术的重要资料，更是研究徐霞客身世、为人、交友、万里旅途的重要史料，具有重要的书法艺术和历史文献价值。珍贵的晴山堂石刻，几经变乱，“文革”期间，在它上面泥了层厚厚的石灰，才避免了可怕厄运。凝望晴山堂石刻，我真切地感受到，历史在石刻里，实实在在地存在着！

晴山堂满堂大气、静气，以其独特魅力自成一道神奇景观，吸引着我们赞叹！

（三）

离故居、晴山堂仅百米的胜水桥完全是另一种味道。这座形貌拙朴的明代江南小桥，是徐霞客出游船停泊处，经历了几百年沧桑寂寞的胜水桥，年久失修，桥坡略呈直角形，花岗岩条石阶缝里嵌着几蓬野草，桥面上已没有护栏，只剩四根石柱。

借着淡淡春光，我欣赏着胜水桥，它的美在于那份宁静淡泊、枯槁憔悴;在于桥下流水源远流长……四百多年前，它曾痴心不改几十年如一日地送他登船远游又等他乘船归来,让人亲切让人深沉又让人惆怅,更让人浮想联翩,使人仿佛又一次看到他在峭壁匍匐爬行、在危崖攀藤拉枝、系绳探洞穴的身影……

时光如流水,当岁月流逝,真正能留下的是类似骨骼一样的东西，支撑着人们在这世上生存。徐霞客热爱祖国、注重实践、不畏艰险、勇于探索的精神,构成了与我们血肉之躯同等重要的部分。历史在发展,时代在进步,火车、轮船、飞船、火箭、电视、电脑、手机、互联网当今社会应有尽有,然永远不变的是精神!有徐霞客精神,哪有翻不过的山,蹚不过的河,克服不了的困难……几百年的岁月本以为流出去很远很远,但他给人留下的是这样丰富、这样浓厚、这样亲近!“春随香草千年艳,人与梅花一样清。”是他的名句,也是他一生的真实写照!他的灵魂在盘旋、在飞翔,盘旋在生他、养他、葬他的故里,飞翔在祖国的崇山峻岭,江河湖海……让人战栗震撼,俯首膜拜,使人心中永远充满神秘神往……

天空很高很蓝，一望无际，野生的、淡淡的午后阳光伴随着天然的原野气息，在墓园四处弥漫。

长方形的墓园，两边是青砖灰瓦雕花墙，正中后墙呈半圆形弯曲状，宛如一把精雕细刻但又大气的太师椅。这把巨型太师椅正中央是一座坟冢。坟冢为石圈顶，四层花岗岩大方砖围砌成一米四八高的墓圈，黄土堆满了墓圈并呈半圆形隆起，裸露的黄土坟顶营造出一种独特氛围。这完整圆满

的石圈黄土坟冢,是我见过的最美的、最原始的坟冢。

一条鹅卵石小径环绕着坟冢，周围簇拥着十几棵玉兰树,“文革”期间失踪的花岗岩墓碑,找回重立坟前,墓碑上镌刻着十二个大字:“十七世明高士霞客徐公之墓”。伟大的地理学家、旅行家徐霞客的墓就是如此朴实无华,简单自然。

墓前长六米，宽十米的祭台上屹立着徐霞客全身塑像,两侧各置纪念碑刻一方。“墨颧云齿,长六尺,望之如枯道人。有寝处山泽间仪,而实内腴,多胆骨。与之谈,磊落嵯峨,皆奇游绝险事,其足迹半错天下矣。”从字里行间、从塑像中,可以想象得到徐霞客生前的音容笑貌。此时此刻,他目光深邃地注视着远方,在苍穹下,在圆满的黄土坟顶衬托下,站成一幅画、一座山峰！仰望着他,怦然心动,情不自禁走近他,想他一遍又一遍……

徐霞客,名弘祖,字振之,霞客是他的别号。明万历十四年(公元1586年)正月初五,出生于江苏江阴马镇南旸岐的一个士绅家庭。从小爱好读书,特好史籍地志、山海图经,立下远游之志。

中国古代不乏远游之士:汉朝张骞,远征西域;晋代法显、唐朝玄奘,南下天竺,求取佛经;明代郑和,七下印度洋,直抵南非。但他们远游不是为皇命所遣,怀有政治目的,就是为菩萨所驱,具有宗教色彩。而徐霞客不同,在我们后人无法想象的极其艰难困苦的条件下，二十一岁从家乡胜水桥头登船出游，靠变卖家产、沿途求友为游资，长达三十多年的惊世骇俗的旅游生涯中，他三次被盗，四次绝粮，多次历险，坚持每天步行几十里或百余里，探危崖，涉洪流，临险穴，足迹遍及大半个中国(十九个省区)。并在地质地溶地貌等领域，攀登了当时世界高峰。在万里旅途中，他还以月光、松明火把为灯，以石板或膝盖为桌，蘸着心血记下了所到之处的风土人情、名胜古迹、地质地貌地理，《徐霞客游记》文笔清新简练，是祖国壮丽河山的长篇画卷，是他生命的写真，也是他旷世才情的结晶，不但具有很高的文学价值，而且还具有极高的科学价值，被誉为“千古奇书”。

岁月悠悠，一转眼已四百多年过去，然而一切恍如昨天，历史记录了他从二十一岁出游到五十六岁倒下的全过程。公元1641年的春天，远游归来的他病倒了，临终他凝望着床前那块从云南腾冲打鹰山火山锥顶部带回的“色赭而质轻滗，状如蜂房”的岩石标本，嘴边挂着微笑而去。

通向坟冢的一条幽深的甬道旁，每个季节都有色彩在无声地流动变换，春天的玉兰、夏天的紫薇、初秋的金桂、深秋的菊花、晚秋的红枫、冬天的梅花、四季常青的松柏，陪伴他度过一年又一年的春夏秋冬……

阅读徐霞客墓园是一种全身心投入，一抔黄土、一块墓碑、一座塑像，牵动着瞻仰者的心思，当一朵白云飘来，驻守在墓园上空时，这种感觉愈加真切……

风轻轻从窗外吹来，抚摸着桌上翻开的书中一张发黄的相片。相片虽已发黄、遥远、历经沧桑，但相片上的人依然年轻，宽宽额头、端正脸庞、挺直鼻梁、大眼睛炯炯有神，抿着的嘴角透着微微笑意，微笑出他青春的风采。

关于这相片上的人，南京抗日航空烈士陵园中的英名碑上刻着这样一行铭文：苏光华，上尉，江苏江阴，1914年8月至1940年12月25日。虽然随着时间流逝，我们会淡忘许多东西，但发生

在六十多年前的令每个中国人刻骨铭心的历史却不能忘记！此时此刻，那与枪炮声有关的往事像硝烟弥漫，从历史深处一缕一缕飘出……

苏光华出生于江苏江阴周庄镇大西街一户书香门第，从小喜爱读书，喜欢体育，当看到中国落后遭受外侮，立志以光复中华为己任，将名字“瑞宝”改为“光华”。九一八事变后，他瞒着家人，以优异成绩、良好身体素质考入杭州笕桥中央航空军官学校，成为航校第四期毕业的优秀飞行员。七七卢沟桥事变，他被编入中国空军轰炸部队十四队。8月14日，他率轰炸机一小队向盘据在吴淞口水域的日军旗舰“出云”、“陆奥”号，俯冲投弹，虽机身弹痕累累，仍胜利返航。当年冬天，他驾机载十万军饷和军需品，接济苏北抗日武装部队时，途中遭遇六架日机围追堵截，他沉着机智，以精湛的飞行技术，最终甩掉日机。苏光华驾机到达目的地时，机身中弹严重受损已不能复飞……

他一次次驾机参战，屡建战功，因此被光荣地挑选出来，跟其他七名飞行精英一起接受一项特殊任务：驾机奇袭远征日本，到日本国土散发传单！在敌强我弱力量对比下，在当时空军没有雷达夜航设备落后的条件下，要完成这项任务谈何容易！接受任务后，他与其他七名勇士在成都凤凰山机场进行了两个多月紧张秘密的训练、准备后，于1938年5月19日之夜从宁波起飞，凭精湛飞行技术，靠星座定向、云层掩护，飞行约两个半小时后，到达日本九州西部海岸，从机上清晰地看到九州岛上的熊本市，立即从机身上射击口处向下投放传单，接着按预定计划，向北做半圆形飞行，飞经久留米、福冈、佐贺、佐世保等城市上空，直达长崎港，一路像雪片般散发传单，由于油量有限，飞机在日本上空盘旋两小时，散发完传单后返航。返航途中，虽然遭到三门湾日舰高射炮射击和浙东日机起飞拦截，并遇上恶劣天气变化，但最终化险为夷，平安归来！

5月20日早晨，日本熊本、福冈、长崎等地居民，发现了这些传单，由当时在国民党军委会政治部任职的郭沫若和日本反战作家鹿地亘撰写的日文传单《告日本国民书》《告日本工人书》和《告日本各政党人士书》等宣传品，把日本鬼子在中国的血腥暴行昭告日本人民，并号召日本民众不要为日本政府卖命，不要充当屠杀中国人民的刽子手，同时警告日本侵略者，侵略中国决没有好下场，中国人有空袭他们本土的能力！日本民众争相传阅传单，日本朝野上下为之震动。苏光华他们的行动大灭了日本侵略者威风，大长了中华民族的志气！中外各报争相传诵这一特大新闻！美联社的标题是《中国实力甚强，决非日本所能击败》，香港报纸评论说："传单比炸弹更具威力……"

不幸的是，在1940年11月的一次激烈战斗中，苏光华身负重伤，由于当时缺医少药，抢救医治无效，于当年12月25日牺牲，年仅二十七岁。弥留之际，他恋恋不舍地拉着才出生两个月女儿的襁褓……

抗战胜利六十年后的今天，我为有这样的同乡英烈感到自豪。想象当年作为年轻父亲的他牺牲前凝望襁褓中女儿的感受，仍有一种不能自持的心痛！再次凝望相片，一份深深的爱国情怀激荡着心灵，情不自禁轻轻推开窗，眺望晴空，寻觅他的英魂：天空中有一队候鸟正在飞回故乡，还有一只美丽的风筝在飞翔……

夕阳西下后，晨曦初露时，文明广场一片寂静，一早一晚，它在寂静中企盼。

在它热切的企盼中，人们朝朝走来，男的女的，老的少的、不同职业、不同年龄的人们，不约而同会聚在广场旗杆前那大理石铺就的整洁宽广的空场上，跳起集体健身舞。

由于朝阳公园太小，播放音乐的设施不全、跳舞的人太多，在市有关领导的过问下，自5月1日起，跳舞的人们

便会聚这里。初开始一二百人，现在常有五六百人，多则一千多人，不管相识不相识，不管会还是不会，跳得好不好，只要这里站得下，便可来跳。

在自然形成约定的时间内，几位热心负责自发领舞的大姐，谁先到谁就开箱放音乐，一俟乐声响起，或坐或站或正在走的人们便自然站到一起跳起来，扭腰、转身、踮脚、甩手，集伦巴、迪斯科、交谊舞、三十二步、十六步等舞之大战，把《回娘家》扭得风摆杨柳，《好一朵茉莉花》转得清香四溢，一曲《走进新时代》有节奏的踮动出阵阵香风……一个个最简单的动作，像一粒粒珍珠，一首首歌舞曲的优美旋律像线，串起这壮观的健身集体舞！

我家住文明广场边，从早到晚，看到过各种锻炼的人，有人群聚跳扇舞、舞木兰剑；有人爱独觅一角，打他自己发明的什么拳；有人爱蹦跳、有人爱倒着走；有人双掌漫舞，似在捉鬼；有人闭目晃动，宛如着魔；有次还看到一位白发老太不时举着双拳，顿着双足，活像个风烛残年的退伍老兵想重上战场……生活多彩，个性多姿，锻炼方式自然就五花八门，在我看来，好几百人会聚在一起，跳集体健身舞，是最令人心动的一种锻炼。

爱跳舞与不爱跳舞没有高低贵贱之分，却有生活和情绪的差别，如果吃不饱或者生活在压抑的社会里，谁还有闲情去跳舞，去健身？跳舞的人大都是普通人，过着平常的日子，其他锻炼方式不合适，不喜欢，就选择自发来广场跳舞这种方式，用这样的方式使自己身体轻松些，情绪振奋些，心情好些，从中得到快乐，给自己平凡的生活增一点亮色。久而久之，跳舞成了一种锻炼，一种习惯，只要有一天不到广场跳舞，就有些不安，总感到少了点儿什么，于是，跳舞成了必不可少的生活内容。

跳舞的人们表情安详、散淡，动作自然、随意、轻松，歌曲、舞曲乐声悠扬，空气颤动着，舞者如潮，虽然自发组合的大型集体健身舞带些浅浅的喧哗，但不含疯狂成分。跳集体健身舞，给自己带来一份幸福的感受，给自己带来一份健康愉快，是人们每天平淡生活中的高潮，也是文明广场寂静中企盼的热闹！

庄子云：“人生天地间，若白驹过隙，忽然而已。”二十年在历史天地间，是短暂的忽然瞬间，但对于我们每一个人来说，二十年时光是漫长的，十分宝贵，至关重要的。二十年，单旭从一个青葱的文科大学生走向了事业成功的中年。虽然他知道有些东西是注定永远不会回来的，如同青春长了翅膀，飞去不会再回来。但他知道“人生就是一个努力的过程”。在浙大校园里奠基了对文字爱好的他，踏上社会进入报

社后，二十年的人生之路，虽然没有大的跌宕起伏，但他始终守住了笔墨，以自己的文字、自己的风骨，忠实地记录了时代，全面展示了二十年来他作为一名文科大学生的社会化过程。他所著的《在路上》这本书，虽然不是小说，也不是纯粹散文，但他对待每一篇文章都很认真，一篇篇文章如同一颗颗珍珠被时间长链串起，连接着他二十年的人生，见证和记录了他二十年来的心灵历程和努力过程。

二十年人生之路，单旭是靠自己的努力一步一个脚印走出来的，靠自己走出来的路，最踏实，最自重，最为大家认可。他是一个长相普通的人，衣着朴素不时尚显眼，但他的普通朴素，他脸上隐约着的笑意，眼镜后面的大眼睛里袒露的真诚、平和，更增添了他的儒雅书生气，更使人感到他内心始终坚守的那一份高贵和纯粹。从他那篇大学本科论文《论康德对认识形式的研究》中，我感知他内心坚持至今的一种高贵；在“走近名人”、“采访典型”章节中，我触摸到他笔下的各种人物都各有其神、各有其形；“追踪社会”章节中的每一篇文章，都体现了他作为新媒体时代报人的良知、勇于探索和有所作为；在“感悟人生”章节中，他的理想和追求，他的善良真诚，他的个人情怀，以一种踏实的形态抒发着、行走着。文字是心灵的证据，他以《在路上》这本书诠释了他二十年人生之路上心灵深处的收获、挣扎、感动。《在路上》这本书不仅仅是他以自己的方式纪念过去的人生，而且还是他别具一格的智慧和思想，他的文字不矫情，大气、朴素，恰似春风，春风虽然不够猛烈强劲，但春风使你感到自在，值得我们去阅读和品味。读完《在路上》，我的心是那么平静，这是很久没有的感觉，现实生活中有太多的浮躁、太多的琐碎，使人无法平静。而《在路上》这本书使我感到了平和，给予了我深深的启示和领悟。

“2009年是一个特殊的年份，六十年前，中国人民拥有了自己的新生共和国。‘中国人民从此站起来了。’伟人毛泽东略带湖南味的话激励着几万万的中华儿女进入一个全新的世界……”——这是《在路上》后记中开头的话，如今，我们祖国意气风发、斗志昂扬地已经走过六十年，在庆祝建国六十周年大喜的日子里，我们每一个人都心潮澎湃！我们处在一个伟大的新时代，单旭说：“我们在路上。”是的，我们在路上，虽然今后的路很长，但当人生跟时代跟社会潮流融合在一起时，走的每一步都是社会缩影，走的每一步都铿锵有力，漫漫人生路，有祖国相伴，有春风同行，就有五彩斑斓，美丽风景！

一个飘雨的冬日，房产公司老总的办公室兼会客室里，形形色色为房而来的人走马灯似的转换，空气中飘散着令我浮躁的气息。这时，一位同样是为房而来的、精神矍铄的、名叫许来法的、七十七岁老人的出现，给我带来一份意外的惊喜！谁能相信命运会有这样的安排，相隔二十多年，还能让我与这位老人重逢！我兴奋地打量着他，除了他那与众不同的浓浓寿眉被岁月风霜染白之外，身板还是那样清瘦健

朗……

呵，岁月悠悠，心底一根记忆之弦轻轻拨动。西石桥这块神圣的土地，收藏着我七年的青春时光，虽然这段岁月不是我这一生中最精彩的篇章，但我的理想和信念在这里形成，对文学的执著在这里奠基，漫长的文学之旅从这里起步。此外，西石桥作为革命老区，战争年代发生的许多可歌可泣的，包括许伯在内的人和事，给我的文学作品增添着一抹抹亮丽的底色！当年因为许伯的大儿子、大儿媳是我工厂同事，因此，我对许伯的了解较多，心心念念想当面听他讲述革命故事，先是因为他时任公社社长，工作忙没时间；后是因为他调往利港乡当乡长，相隔较远不方便；再是我调回城里工作很难联系，因此，心中留下遗憾……

光阴似箭，一眨眼工夫二十几年过去。今日遽然相遇，机会难得，我直接把心中遗憾告诉他，老人听了展颜一笑，仪态可掬，浓浓寿眉遮掩下的眼睛闪着异样的光彩；随即娓娓而谈。他先从1942年，攻打日本鬼子据点小新桥，他在地下党员俞乃章率领下，冒着枪林弹雨抢救伤员说起；接着讲述他当地下交通员时，利用家中是做豆腐百叶的有利条件，一次次将信夹在百叶里，送往西石桥积谷仓酒店，交给地下党员、瘸腿老板陈盘根……最后他还详细讲述了他怎样巧妙地包装、将子弹藏在酒瓶底下，通过敌人封锁线、运往苏北的过程，一件件、一桩桩，每一个细节，每一个人名他都记得清清楚楚。在我听来是十分惊心动魄的故事,但他讲得是那样从容,会客室内浮躁的气息不经意间被老人的从容调和得十分清澈、澄明,使我心中充满了深深的感动!

接下来拉家常,他告诉我,退休后开了个小店……

退休?怎么不是离休?我不解地插问。

他慈祥地看着我,平和地解释说,组织上说他尽管是解放前就参加革命的,但不正式在编,不能算离休。

我听后想对老人说几句安慰话、抱不平的话,但没等我开口,老人豁达地一笑,接着往下诉说道,就在即将退休的前一年,因机构改革,叫他分流到镇供销合作社当主任,结果被作为企业人员退休,现在他的退休工资比在乡政府事业单位退休的少了一大截……

这真是太不公平了!我愤慨着。

老人居然没有半句抱怨,而是乐呵呵地告诉我,他现在生活得很好,身体健康,每天喝一点、一星期喝一瓶十全大补酒,开个小店,订几份报纸,店中天天都有七八个老人来喝茶聊天,聊世贸组织、美国、伊拉克……

在失衡的环境中,他同样找到了自己的位置,生活得有滋有味,我认真地听着,感叹着,心儿随着老人知足常乐的笑容变得暖和起来。尽管如此,我还是为他不平。

见我不平的样子,他爽朗地笑着告诉我:“比起解放前牺牲的同志,我现在已经好得不得了啦!解放前闹革命出生入死,我当做是奉献!如今退休这么多年我少拿数十万退休工资,我当做是多交的党费!”他说得是那样的真诚，那样的随意，那样的慷慨。说完，他无憾地看着我。

这一刻，泪在心底一层一层地洇开，我深深切切地懂得了他灵魂深处那份真实的美丽！千言万语在心头涌动，然而感动无语，凝望着老人，我什么也没说，只是把对老人的尊敬深深地埋在了心里。

阳光散淡地照着，高邃天空带着些许蔚蓝，像极了海洋，几朵飘动的白云更像浪花。在一个宁静的初夏早晨，我又一次来到位于江阴夏港的吴文藻、冰心纪念馆。纪念馆按照修旧如旧、恢复原貌原则，修复扩建。这座建于清代的老宅是吴文藻的出生地，也是吴文藻、冰心的婚房，是这对风雨同舟、恩爱夫妻的见证。纪念馆规模不大：砖木结构的三间正屋和格子窗，前后天井小院，但内容丰富，资料翔实。

每一次来这里瞻仰都有新的感受。

吴文藻、冰心这两位先生各自的成就众所周知，他们之间的爱情也是中国现代文学史上的佳话。1923年8月17日，在上海起程到美国西海岸的美国邮船“杰克逊”号上，赴美留学的燕京大学学生冰心请同学许地山去找女友的弟弟——清华学生吴卓，结果许地山把名字搞错，将吴文藻带到了冰心面前，两人从此相识、相知、相爱、相伴。1929年6月15日，两人婚礼在燕京大学临湖轩举行。从此，冰心成了江阴媳妇，跟江阴有了不可分割的联系。暑假里，两人到江阴夏港省亲，吴文藻的父母举办了隆重婚宴。一些老人至今还记得冰心先生当年模样，“短发、端庄秀丽、上穿白衫、下穿黑腰裙”。夏港宋代万安桥古桥畔，河道旁的店铺、码头，江阴的兴国古塔，还有长江边，都留下了这对伉俪深情的足印……1946年，夫妇俩带着抗战胜利的喜悦，乘乌篷船又回到夏港吴家。这次回来，冰心还特地到吴家捐资建造的昭德小学，看望师生，勉励师生“好好学习，长大成国家栋梁之才”。虽然冰心先生只到江阴两次，但七十多年来从没断过跟婆家的联系，她多次为江阴和夏港题词、作文、撰序，留下许多墨宝。

她跟吴文藻先生的同乡——中国著名文学家、语言学家刘半农先生，中国著名民族音乐家刘天华之间的交往更传为美谈。一次在她家中，吴文藻、刘半农两位先生在交谈，她去递茶时，对他们笑说：“怪不得人说，‘江阴强盗无锡贼’，你们一谈起‘打家劫舍’就没个完。”半农先生大笑说:“我送你一颗印章,就叫做‘压寨夫人’怎么样?”她跟刘天华学弹琵琶,根据她臂短、手指短的特点,天华先生特别定制了一把很小的琵琶送给她。她在阑尾手术的麻醉迷糊中,似乎看到一双大手在手术台边弹着一首清脆的琵琶曲子。她说:“刘氏兄弟的音容笑貌,总在眼前浮现,我永远也忘不了文藻的两位可亲可敬的江阴同乡。”此时此刻,我在纪念馆中的吴文藻、冰心雕像前驻足仰望,为江阴有吴文藻先生、冰心先生而备感骄傲。雕像背景画面是大海,上面题词是冰心的名句“有了爱,便有了一切”。

吴文藻先生、冰心先生结婚五十六年,历经时代风云变幻,感情始终如一,点点滴滴使人回味无穷:冰心先生在给江阴市政协文史资料研究委员会寄来的近两万字的《我的老伴吴文藻》一文中有很多描述。尤其让人感动的是:1942年在重庆,吴文藻先生得了严重肺炎,连续高烧十三天,她在床前日夜服侍了一个多月,共同战胜了病魔。1958年,吴文藻先生被错划成右派,周总理夫妇把冰心先生接到西花厅,说:“这时,最能帮助他的就是最亲近的人了……”她一腔冤愤,倾诉道:“如果他是右派,我就是漏网右派,我们的思想差不多,但绝没有‘反党反社会主义思想’……”回家后,她对他说,周总理夫妇极其委婉地让他好好改造。他说:“坚信事情总有一天会弄清楚。”当夫妇俩刚度过反右派时期的惊涛骇浪,又逢十年“文革”动乱,两人都被靠边站,住牛棚。但他们并不觉得苦,认为两个人能在一起就是幸福，没有家破人亡就是万幸。

吴文藻先生、冰心先生五十六年共同生活中始终保留着一种品位、一份踏实，两人携手慢慢地从容地变老，这就是完美人生，这就是“有了爱，便有了一切”。

*源自心灵的光影

——赏读《川、滇、藏之行》摄影集有感

春天到了,我想,帕隆藏布河畔的波密野桃花又要开了,一团团,一片片,别具风情地狂野怒放,恍如幻觉的真实美丽,令人神往。

我凝望着江阴市老干部摄影协会名誉会长孙福康先生《川、滇、藏之行》摄影集里名为《波密桃花》的一组照片,仿佛闻到了桃花的芳香。

川、滇、藏线是世界上地势最高、路况最险的神奇天路,穿梭在原始与文明、历史与现代之间。川、滇、藏之行

五千多公里，孙福康先生把心底流出的思想，一点点形成文字，拍摄成照片。赏读《川、滇、藏之行》摄影集，我心里有一种久违的震撼感觉。

摄影集的前言、后记文字不多，但颇见功底，极具文采，意味深长，叫人真切感受到一种平和心态、一种可贵境界。摄影集里，无论是波密桃花的绚丽，还是梅里雪山的神秘；无论是丹巴红石滩的红，还是然乌湖的蓝……大自然的美丽使人赞叹；乡野炊烟，藏居民风，被高原烈日和狂风吹晒的红黑脸膛，朴实从容，使人感到温暖；大漠、悬崖、高山上的梯田、背水女人艰难跋涉的身影，使人感知生命的坚韧；珠峰的经幡下，五体投地一步一拜去朝圣的藏民，使人感知了信仰的虔诚；布达拉宫的巍峨雄姿，江河汇流的奇特壮观，一个个难忘瞬间串联起川、滇、藏线上一份至真至美的情怀。作品中不仅有恢宏辽阔的大场景，也有水静风软的温柔细节。他对不同景物、人物的感悟和拍摄，对印象的瞬间交替变换，有独特的眼光和见解，光线如流水般轻抚，使人感到平和中的亲切之意。作品风格跟他本人不事张扬的性格一样比较务实；无论是用光，还是聚焦变焦，无论是瞬间抓拍，还是定位拍摄，摄影技术相当到位，暗合着作者心灵深处的情愫。

他是一个农民的儿子，他骨子里有浓浓的浪漫主义情怀，他业余爱好摄影，对远方，对神奇天路有着梦幻。在漫长的繁忙岁月里，骨子里的浪漫情怀无法发出光和热，只能把对摄影的爱好藏在心底，远方神奇的天路常在梦中向往。当他退休之后，终于拿起相机，行走在川、滇、藏线上，大自然的神奇瑰丽，生命的伟大坚韧，让他充满了敬畏和热爱，在感动和迷醉。他用自己独特的方式，诠释了一种积极的生活状态。

人生如茶，不管有过怎样的浓烈都将归于平淡，尤其当有一天面对夕阳的时候，心灵平静是一种超然境界，它使人高朋满座时不会忘形，曲终人散时不会孤寂，功成名就时不会趾高气扬，被人诋毁时不会心灰意冷。岁月将渐行渐远，摄影集记载的川、滇、藏之行难忘的记忆，它源自内心的真实，有一种质朴的乡土气，一种纯净实在，是源自心灵的光影！

“川、滇、藏之旅结束了，但人生之旅又将有新的开始等待我们……”孙福康先生在摄影集后记中说，平静话语中的平和心态，与时俱进的精神，使我充满了对他深深的敬意。漫漫人生路，移步易景，各有其意境。他的人生传奇将在丰富多彩的光影里完美演绎。拍摄时“有好朋友相聚，有好风景欣赏，心情很好，有好心情就有好身体”。在他所说的这四个好中，我品到了幸福的味道。随着又一个春天的到来，波密的野桃花怒放，江阴中山公园的紫藤花也将飘香……

(一)

小小露珠，
是夜的精灵和天使。
星星月亮熠熠生光，
聚集起你的晶莹；
霜雾雨水的精华，
凝结成你的纯净；
夜风千万次徊转，
琢磨出你的圆润。

挂在眼角的泪，
去苦涩；
流在血脉的血，
去颜色、温热；
啊，
血与泪的魂魄，
铸进你丰富的内涵！

（二）

小小露珠，
在夜深处滋生。
虽然你的生命太短暂，
只从午夜到天亮；
虽然你清贫如洗，
洁净透明一无所有；
虽然你渺小卑微，
点点滴滴微不足道；
但你用你生命的全部，
尽力滋养枯萎的叶苗，
润湿干涸的土地，
夜夜如此，无怨无悔！
啊，
你短暂的生命旅途，

缀满了珍珠般闪亮的诗句！

（三）

小小露珠，
悄悄地来，
悄悄地去，
不留下一丝痕迹，
只留下
美丽纯洁在我心中居住！

花儿谢了，春天还会再开。

可是，

逝去的生命再也不会看到明年的

春天。

地震！地震！地震！！！

08年5月12日14时28分，

四川汶川发生7.8级大地震！

北京、南京、上海、西安、大半个

中国都有震感，

全中国人民为之震动！

地震的厄运降临得那么突然，

没有发出一点预感和信息，
地震的恶魔是那么凶残可怕，
几乎不给你一点机会和希望，
满目疮痍，遍地废墟，
有多少人莫名地死去，
有多少人流血受伤，
特别是祖国的花朵——许多学生，
在求知的课堂上，
遭遇死神的突然袭击，
废墟中埋葬了多少青春年少，
埋葬了多少希望和梦想啊……
告急！告急！告急！！！
灾区人民在哀号在呼救在告急！
他们是我们的父老乡亲兄弟姐妹啊，
他们是我们血浓于水的骨肉亲人啊，
他们是祖国的花朵理想和希望啊，
道路中断、电力中断、通信中断，
一幕幕惨烈画面，触目惊心，催人泪下，
大地呜咽，江河悲鸣，天空痛哭流泪……

开进！开进！开进！！！
一方有难，八方支援！
灾难来临时，
神州大地爱潮澎湃，暖流汹涌！

党中央、总书记临危处变，指挥若定，
用一种精神，一种信念，
使全国上下心连心、手拉手，众志成城！
温总理当即赶往灾区，
各路救援从水陆空各个方向火速赶赴灾区，
通往灾区的生命之路千方百计逐渐打通，
废墟下只要还有一线希望，
就尽百分之百的努力！
人民子弟兵奋不顾身战斗在第一线，
白衣天使争分夺秒救死扶伤，
全国各地踊跃献血，捐物捐款……
万众一心，抗震救灾，不屈不挠，共克时艰
谱写出一曲曲最瑰丽的动人篇章！
警察为救别人的孩子牺牲了自己的儿子，
老师为救学生牺牲了自己的女儿，
母亲为保护孩子牺牲了生命，
为抢救废墟下的生命，
救援人员的十个指头都扒得鲜血淋漓，
……
在这没有硝烟的战场上，
有多少惨烈的故事，
有多少英雄豪杰，
创造出一个又一个奇迹！
人的一生，能有几次被如此地震撼着、感动着！

再大的地震也不能把生灵全部灭光，
再强的震波也不能把人心击倒，
中国人民任何力量摧不垮！！！

花儿谢了，春天还会再开，
逝去的生命虽然再也看不到明年的春天，
但，家乡的崇山峻岭永远在为您守望，
重建的家园一定会繁花似锦，胜似春天！

(京)新登字 083 号

图书在版编目(CIP)数据
淡淡的记忆：胡美凤散文集/胡美凤著. —北京：中国青年出版社，2011. 4
ISBN 978－7－5006－9831－9

Ⅰ. ①淡… Ⅱ. ①胡… Ⅲ. ①散文集－中国－当代
Ⅳ. ①I267

中国版本图书馆 CIP 数据核字（2011）第 040396 号

责任编辑：骆　军　马惠敏

*

中国青年出版社　出版 发行
社址：北京东四 12 条 21 号　邮政编码：100708
网址：www. cyp. com. cn
编辑部电话：（010）57350404　门市部电话：（010）57350370
三河市君旺印装厂印刷　新华书店经销

*

850×1168　1/32　4. 75 印张
2011 年 7 月北京第 1 版　2011 年 7 月北京第 1 次印刷
定价：25. 00 元
本图书如有印装质量问题，请凭购书发票与质检部联系调换
联系电话：（010)57350337